Margrith Gimmel
Liebi chasch nid choufe

*Ich verwünsche nichts,
was ich erlebt habe –
und nichts, was ich erlebt habe,
wünsche ich nochmals zu erleben.*
                              Max Frisch

Margrith Gimmel

Liebi chasch nid choufe

Roman
us em Läbe verzellt

Zytglogge

*Danke möcht i em Heidi Immer für sy Hilf am Computer
u em Team vom Zytglogge Verlag, vorab em yfüelsame Lektor
u Verleger Hugo Ramseyer, u nid z vergässe em Kurt Blatter
für di grafischi Gstaltig.*

Alle Rechte vorbehalten
Copyright by Zytglogge Verlag Bern, 2003
Lektorat Hugo Ramseyer
Titelbild Gyger Adelboden
Satz und Gestaltung Zytglogge Verlag Bern
Druck fgb · freiburger graphische betriebe
  www.fgb.de
ISBN 3-7296-0662-X

Zytglogge Verlag Bern, Eigerweg 16, CH-3073 Gümligen
info@zytglogge.ch · www.zytglogge.ch

Inhalt

D Witfrou	9
E heisse Summer	14
D Aline	27
Nöji Arbeit u Fründe	31
Erfahrige sammle	36
Hof de Planis	39
Umzug	41
Nöji Aaforderig	45
E grossi Umstellig	50
E Frou im grüene Chleid	54
Di grossi Liebi	58
Eheaabahnig	65
Ds Flörli u d Schuel	68
Veränderige	75
Arbeit ist die beste Medizin zu vergessen	85
Chinesischi Legände	91
Edelsteine	93
Ds Müeti	99
Chlyni Schritte	102
Fähler	105
Schmärze	108
Wie wyter?	113
Meiechätzli	119
Nimmt das Eländ e kes Änd!	122

Dür ds dunkle Tal	126
Langsam obsi	131
Verschlosseni Härze	136
D Änkelbuebe	140
Nöien Uftrib	143
Fröid	146
D Truur	149
Glück	153

Ein Männlein steht im Walde
ganz still und stumm,
es hat von lauter Purpur
ein Mäntlein um.
Sagt, wer mag das Männlein sein,
das da steht im Wald allein
mit dem purpurroten Mäntelein.

Das Männlein steht im Walde
auf einem Bein,
es hat auf seinem Haupte
schwarz Käpplein klein.
Sagt, wer mag das Männlein sein,
das da steht auf einem Bein,
mit dem kleinen schwarzen Käppelein.

Hoffmann von Fallersleben

D Witfrou

1966

Es isch e luschtigi Trybete gsi, di vier Buebe u zwöi Meitschi, wo mitenand dür ds Moos uus gsprunge sy. D Chind hei mit der Lina Zulliger ds Lied vom Purpurmanndli gsunge, sy zringelum tanzet u hei sech gägesytig Chöttine vo Hagebutte um e Hals ghänkt.

Ds Annerös Winkler mit em Flörli isch ne begägnet underwägs, u si sy zäme heiglüffe, i ds Dörfli Goldiwil.

«Wettisch du mit ‹myne› Chind cho Flöte spile?», het d Lina am Flörli vorgschlage, u wo ds Annerös nid sofort het Antwort ggä, isch si wytergfahre: «Es choschtet nume zwe Franken i der Stund.»

Da het ds Annerös gstuunet: «Längt de das –?»

«Ja, i ha nüün Chind, wo i Flötenunterricht chöme all Wuchen es Mal, u vo de Pflegchind han i ds Pensionsgäld; eso schla mi düre, i läben eifach u bi zfride derby.»

«Dihr syt e Läbeskünschtlere – mir wotts eifach nid ufgah – i cha hindertsi u vüretsi rächne, am Ändi han i gäng zweni.

My Huszins isch sibezg Franken im Monet, das isch ja nid vil, aber für d Chrankekasse mues i zwöiezwänzg Franke zale u zäh Franke für ds Flörli.

De no d Heizig, wo däreväg choschtet, wil d Wonig schattsytig glägen isch, u bi allne Fänschter ziets yche.»

«Dihr müesst Chüsseli nääje u sen uf d Fänschtersimse oder zwüsche d Fänschter lege», het d Lina gratet.

«Mir hei äbe gar kener Vorfänschter u d Innefänschter vermache nid guet. Chömet doch schnäll cho luege! I mache den es Tassli Tee u für d Chind han i Houderblüetesirup.»

So isch das Tschüppeli im alte Huus zu mene unerwartete Zvieri cho.
Ds Annerös het no sälber gmachti Waffle i re Büchse gha u alli hei chräftig zueggriffe.
D Lina Zulliger isch Chindererziehere gsi u het bi jeder Glägeheit mit de Chind, wo si über e Tag ir Obhuet het gha, gsunge.

Grüess Gott, Bäseli, sitz jetz zue, mir wei ou es Stündeli Rue; bi so glücklech, trala lalala, wen i es Tässeli Gaffe ha ...

... hei si zämen aagstimmt. «Das isch besser als balge», het d Lina gseit, u würklech, si het di Chind guet im Zoum bhalte.
Ds Annerös Winkler het verzellt, wis ere so geit als Witfrou mit de Finanze. «Jitz gan i jede Frytig zum Architekt Lanzrein ga putze, für füüf Franken i der Stund, das macht zwänzg Franke, u zwöi Mal ir Wuche chan i i d Schloss-Boutique als Verchöifere, dert überchumen i sibe Franken ir Stund, dert gfallts mer guet, aber es längt äbe nid, i ha nume hundertnüünzg Franke Witweränte u föifenüünzg Franke Weiseränte, de chumen i öppe uf sächshundertfüfzg Franken im Monet zämezellt, aber ds Elektrisch für e Strom vo däm alte Boiler zellt, u de sött no für ds Ässe vür blybe. I ha scho ddänkt, ob i ds Tag-

blatt söll abbstelle, es choschtet 11.75 im Quartal oder im Jahr 38.50. «Chönntet Dihr nid a mene anderen Ort Hilf übercho?», meint d Lina.
«Uf d Fürsorg z gah, wär mir nie z Sinn cho! Vo der Winterhilf het ja ds Flörli schon es Paar schöni, warmi Schyhosen übercho, dadrüber sy mir grüüsli froh gsi.»
So het du d Lina vorgschlage: «Aber Dihr heit ja Platz gnue ir Wonig; i wurd vermiete über e Summer, a Ferielüt, die chöme gäng meh i ds Goldiwil.»

Das het du ds Annerös usprobiert. Mit em Flörli isch es i ds hinderschte Zimmer, u di zwöi vordere hets usgmietet. Aber vil het da derby nid usegluegt. De meischte Ferielüt isch di Bhusig z eifach gsi, mit zweni Komfort u ersch no unpraktisch.
Sider dere Begägnig am Sunntig isch ds Annerös öppe zur Lina Zulliger u vor ihrem Huus uf ds Bänkli ghöcklet. D Lina het Zithere gspilt, u si hei zäme gsunge:

Wie die Blümlein draussen zittern
in der Abendlüfte Wehn,
und du willst mir s Herz verbittern,

und du willst jetzt von mir gehn ...
Oh, bleib bei mir und geh nicht fort,
dein Herz ist ja mein Heimatort ...

Oder de het d Lina mit ihrer zittrige, fyne Stimm ds Lied vom Goethe gsunge:

Sah ein Knab ein Röslein stehn,
Röslein auf der Heide,
war so jung und morgenschön,
Röslein auf der Heide ...

Si het verzellt vo ihrem Fründ, wo si z Basel het lehre kenne u jitz z Frankrych äne, won er i Chrieg het müesse, verschollen isch.
Em Annerös isch es wehmüetig worden um ds Härz. Es hätt gärn e chli luschtegeri Sache ghört.

Zu späte Erfüllung eines Wunsches
labt nicht mehr,
die Seele schluckt ihn auf
wie ein heisser Stein einen Tropfen Wasser.

Marie von Ebner-Eschenbach

E heisse Summer

1967

Ds Florentinli isch jitz i d Schuel ggange, i di erschti Klass zur Fröilein Bethli Zougg. Das isch e wunderbari Seel gsi von ere Lehrere, won es offnigs Ohr u Härz het gha für ihri Schüeler. Ds Flörli, das fyne Chind, het si bsunderbar i ds Härz gschlosse, vilicht will ihm der Vati so früech gstorben isch.

Gly het si sech mit der Mueter, em Annerös Winkler, aagfründet, u di alei stehendi Frou het das Vertroue gschetzt.

Ds Bethli Zougg het deheime no di chrankni Mueter gha z pflege un e behinderete Brueder. Mängisch isch si am üssserschte Rand gsi vo ihrne Chreft, u glychwohl het si sech Zyt gno für em Annerös zuezlose.

Eis Tags isch es mit em Thuner Aazeiger zum Bethli cho:

«Lueget, da suecht e Heer e Frou mit Chind für i d Hushaltig! Wär das ächt öppis für mi?»
Ds Bethli Zougg het ds Annerös ufgmunteret: «Klar, i würd e mal schrybe u luege, wär sech da mäldet!»
Ds Annerös isch hei ga der Brief schrybe, aber eigetlech het es sech schlächt chönne vorstelle, a mene frömde Maa d Hushaltig z mache, putze u glette.
O em Lina Zulliger hets di nöie Plän verzellt, u o die het sofort gfunde, das wär doch gar nid übel u sicher o für ds Chind e gueti Sach.

Es paar Tag später isch e Brief für d Frou Winkler im Chaschte gsi.
Voll Gwunder hets das wysse Couvert ufgschlitzt.
Uf vürnähmem Büttepapier isch mit grosse, zügige Buechstabe gstande: ‹Verehrte Dame …›
Wi gschwulle das tönt!
Es het wyter gläse: ‹Ich wohne allein mit meinem Töchterlein und wünsche eine Frau, ebenfalls mit Kind, für den Haushalt und die Obhut meiner kleinen Tochter. Zur näheren Besprechung bitte sich melden bei …›
Ds Annerös het der Absänder gläse: ‹Erich Baumgartner, Obere Wart, Thun.›

Natürlech bi de Vürnähmschte!, het ds Annerös ddänkt –, das isch nüt für mi u ds Flörli!
Aber ds Bethli Zougg het gfunde, äs söll sech doch afangs einisch mälde u die Sach aaluege ... E sympathischi Mannestimm het am Telefon Uskunft ggä, u si hei abgmacht am nächschte Mittwuch Aabe, für alls z bespräche.

Nach em Fyrabe i der Schloss-Boutique isch ds Annerös i di Oberi Wart glüffe, fei e wyte Wäg z Fuess, u zletscht non e längi Stäge zdüruuf zu re grosse, wysse Villa.
‹Erich Baumgartner, Immobilien›, isch uf emne Messingschild am grossen Ysetor gstande.
Ds Annerös het nid rächt gwüsst, was das für ne Bruef isch – ächt mit Hüser, allwäg öppis Mehbessersch uf all Fäll. Ds schwäre Tor isch lutlos ufggange, u bi der Ygangstür isch e flotte Heer gstande, wo di jungi Frou fründlech het gheissen yne cho.
Es prächtigs, hälls Wohnzimmer – ei Wyti – mit ere grosse Fänschterfront, Usblick uf ds Thunerseebecki, het sech vor em Annerös usbbreitet.
Es chruselhaarigs Meiteli isch cho ds Näsli vüre strecke: «I bi d Lilo!»
Si sy i di töife Lädersofa ghöcklet, u der Herr Boumgartner het verzellt:

«I bi gschäftlech vil underwägs, u mi Frou läbt im Usland, drum hätte mir gärn e Frou im Huus, dass d Lilo nid eso alei isch.»
Das het em Annerös yglüüchtet u o äs het afa brichte, vom Flörli u dass der Maa gstorbe syg.
«Dihr syt de jung Witfrou worde ...»
«Ja, i wirde föifedryssgi –.»
«Das isch sicher nid eifach, alei mit emne Chind i däm Alter», het der Herr Boumgartner verständnisvoll gseit. Es het sech usegstellt, dass di beide Meitschi glych alt sy.
Druuf hei si ds ganze Huus besichtiget; ds Annerös het gfunde, das gäb offebar vil Arbeit.
Aber der Bsitzer het ygwändet, das syg halb so schlimm, är syg nid heikel, e Teil vo de Zimmer wärd gar nid bbruucht, u sys Büro mach er gäng sälber.
Er het vorgschlage, ds Annerös söll afangs am ne Samschtignamittag, we schuelfrei syg, mit em Flörli cho, vilicht es Mal chli putze, u d Chind chönnte sech lehre kenne.
D Lilo isch scho voll Fröid desumeggumpet u het gfragt, ob si ächt de zäme im Schwümmbecki dörfi bade –.
Der Herr Boumgartner het ds Annerös mit em Citroën dür e Wartboden uuf i ds Goldiwil hei gfahre.

Beidi hei alls wöllen überschlafe u nid grad dry springe.

Ds Annerös isch grad zum Bethli Zougg, u das het gfunde, das wär doch e prima Aastellig u bsunders o für ds Flörli ideal, de syg o das nümmen alei.
Aber wo de ds Flörli überhoupt i d Schuel söll? – Z Thun nide oder im Dörfli?, fragt d Lehrere.
Ds Annerös het müesse zuegä, dass es sech das no gar nid überleit heig u o no nüt über e finanziell Punkt gredt worde syg.
Es het no mängs, wos hätt sölle wüsse.

Wi abgmacht, isch ds Annerös am Samschtig mit em Flörli i d Wart abe.
Di zwöi Meitschi hei sech sofort guet verstande.
D Lilo het zeigt, wo der Stoubsuger isch, ds Annerös isch hinder ds Putze u het d Chuchi ufgruumt. Synere Meinig na, hätts da e zümpftegi Putzete nötig gha.
«Der Papa chochet sälber, u i tue albe verruume», het d Lilo gseit. Si isch schon es rächt sälbständigs Pärsönli gsi. Gägen Aabe isch der Herr Boumgartner heicho. Är isch meh als zfride gsi mit der Arbeit u d Chind hei fröhlech zäme gspilt.

«Meh bruuchts wäger nid – s isch o nid nötig», het er grüemt.
Der Husherr het sech es Cognac ygschänkt u ds Annerös gfragt:
«Möchtet Dihr nid o es Schlückli?»
Ds Annerös het abglehnt.
Es het später gly einisch gmerkt, dass sech der Herr Boumgartner gäng zersch es ‹Conjäggli› yschänkt – ‹es Chlys›, zum Entspanne, de hets nach weneli usgseh. Halt eifach Alkohol – es Whisky oder süsch es Tränkli.

Vo jitz aa sy di zwöi all Wuchen einisch oder zwuri i d Wart abe – vom Ghalt oder emne Vertrag het me nid gredt.
D Chind hei zäme gspilt u Schabernack tribe, u em Flörli hets gfalle.
Mängisch het der Herr Boumgartner ds Annerös läng u durchdringend aagluegt, u dä Blick isch ihm dür u dür ggange.

Einisch am ne Samschtigaabe het er der Arm um ds Annerös gleit u gseit:
«Dihr syt mer vil z schad als Putzfrou, i möcht lieber e Fründin, u jitz mache mer Duzis –! I bi der Erich ...!» Er het em Annerös es Conjäggli zuegstreckt, u si hei aagstosse.

Ds Annerös, wo Alkohol nid isch gwanet gsi,
isch i ne liechti, fröhlechi Stimmig grate.

D Chind sy im Chinderzimmer obe ga schlafe, u
der Erich het di jungi Frou a sech zoge u ihres
Gsicht mit füürige Müntschi übersääit, wo ds
Annerös nid het gchennt u sech nümm chönnen
erwehre. Wien es überryfs Beeri isch es däm
Maa i d Arme gheit, äs het liechterloh bbrönnt.
All di Jahr ohni Erfüllig sy zämegschmolze.

E lydeschaftlechi Beziehig isch entstande i dere
Boumgartnervilla, eis isch am anderen ufgläuet
wie nes Füür, wo me nümm cha lösche, e Hunger nach Läben u Erfüllig, wo me nid het chönne stille u wo gäng nach no meh verlangt het.
Nach dryzäh Jahr Gott gheiligter Ehe u emne
Jahr Kurufenthalt hets Nachholbedarf gha.
Jede Samschtig isch jitz ds Annerös bim Erich
gsi u het nachegholt, was es i sym Eheläbe verpasst het. Fasch hei sis nid mögen erwarte, bis albe di zwöi Meitschi sy im Bett gsi.

Der Erich het beidne Chind Balettstunde zahlt,
u we ds Annerös het putzt, het für ihns e schöne Batzen usegluegt. Aber das isch gäng wi sältener vorcho – ihm isch meh dra gläge gsi, mit
der unerfahrene Frou z flirte u mit eren i ds Bett

z gah. Dä Maa het Üebig gha, wie me mit Frouen umgeit, u nüt ussegla, wo der Reiz u d Luscht cha steigere.

E nöji, frömdi Syte isch bim Annerös vürecho u wi im ene Ruusch isch es gsi, nid nume vom Conjäggli, o vo däm füürige Liebhaber.

Der Erich het ihm ds Buech vo der ‹Lady Chatterley› vom Lawrence ggä z läse, u ds Annerös isch e glehregi Schüelere gsi.

D Aastelig bir Schloss-Boutique hets no bhalte, aber d Putzstell bim Architekt Lanzrein hets ufggä, für no meh Zyt z ha für i d Wart abe. Vo mene Vertrag als Husdame het niemer me gredt, alls isch ja beschtens glüffe.

Sy füfedryssigscht Geburtstag isch dasmal uf ene Samschtig im Juli gfalle u d Meitschi sy i de Summerferie gsi.

I mene luftige Summerchleidli isch ds Annerös i d Wart abe.

Der Erich hets mit füfedryssg dunkelrote Rosen empfange.

Uf emne Tigerfäll hei si sech gliebt, d Rose hei e betörende Duft usgströmt. Ds Annerös isch ganz verzouberet gsi vo sym Prinz, so öppis hets no nie erläbt.

Es isch e heisse Summer gsi das Jahr.
Der Erich het d Meitschi i de Schuelferie öppe mal mit sym Motorboot uf em Thunersee usgfüert. Ds Flörli isch fasch äbeso hin gsi wi sys Mami. U mängisch isch o ds belgische Ehepaar, wo bi ihne im Goldiwil i de Ferien isch gsi, mit uf e See. Und o d Ferielüt sy begeischteret gsi vo däm Gentleman.

Am Aabe vom Thuner Seenachtsfescht het der Erich es paar Fründe yglade, für uf der grosse Terasse z fyre. Er het farbegi Lampions ufghänkt, alls isch häll belüüchtet gsi. Ds Annerös u ds belgischen Ehepaar hei mit de Gescht aagstosse. Mi het vor Wart uus ds Füürwärk u di lüüchtige Girlande guet gseh im Aarebecki nide u überem See; alli sy i beschter Stimmig gsi.
Ds Annerös het e grossi Platte mit Canapés zwäg gmacht gha u umegreckt.
Es het es türkisblaus Chleid angha vor Schloss-Boutique u gar nid gwüsst, wi ufreizend dass es i däm schulterfreie Chleid u de honigfarbige, ufgsteckte Haar usgseht. Der Erich het der Arm um ihns gleit, u alli hei ihm zueproschtet uf sy attraktivi Husperle!
Der sprützig Wysswy isch de Lüt i d Chöpf gstige; es isch gäng wi lüter worde, der Erich isch

aatrunke gsi u het furchtbar lut glachet über d Witze, wo d Fründe gmacht hei.

Em Annerösli het das Fescht nümme gfalle – es het sech zruggzoge, isch ga d Äschebächer lääre u d Gleser i d Abwäschmaschine tue. Syner Ferielüt hei begriffe, dass es möcht gah, u ohni Umständ z mache sy si zäme zum Huus uus u hei, i ds stille Goldiwil.

Dert isch ihm e grossi Lääri etgäge cho. Ds Florentinli isch i de Ferie gsi im Chinderlager vo der Schuel, ds Annerös alei.

Glasklar hets erchennt, dass der Erich e ke Maa für ihns isch. Er isch Alkoholiker u sy Frou sicher dessitwäge furt.

Das Füür, wo so liechterloh gläderet het, isch plötzlech zäme gheit zu mene Hüüfeli Äsche.

Ds Lied vo der Hildegard Knef isch ihm düre Chopf:

Der Mensch an sich ist einsam,
zuerst kommt der erste Kuss,
dann kommt der letzte Kuss –
dann ist Schluss –.

Dass o für ihns mues Schluss sy, isch ihm klar worde. Ds hüülenden Eländ het ihns übernoh ... Es het probiert em Erich z schrybe, aber es het ihm nid welle glücke.

Der Erich het ihns nid ärnscht gno u am Telefon fröhlech gseit: «Bis doch nid eso zimperlig, me mues d Fescht fyre, wi si falle, u ds Läbe gniesse ...!»

Ds Annerös isch nümm i d Wart abe. Es het gwüsst, i bruuchen Ablänkig, für die Enttüüschig chönne z verchrafte.

Liebeskummer lohnt sich nicht, my Darling,
schade um die Tränen in der Nacht ...

Dä Schlager vo der Siw Malmqvist het Nachbers sibezähjärige Töchterli der ganz Tag uf der Kasette glost. We das eso eifach wär!

Ds Florentinli isch gly druuf abe vom Balettunterricht hei cho verzelle, der Papi vor Lilo heig en Outounfall gha u syg im Spital; d Lilo syg jitz bir Grossmama.
Eso isch o für ds Flörli ds Balett z Änd ggange. U ds Annerös het gfunde, Flötespile bir Lina Zulliger syg gschyder, o we ds Chind isch enttüüscht gsi.

Es paar Tag später isch e bekannte wysse Briefumschlag im Chaschte gsi.

Ds Annerös het sofort di steile, grosszügige Schriftzüg kennt – der Erich het gschribe. Ganz förmlech het er ddanket u sech entschuldiget. Nach sym Outounfall heig er gseh, dass er müess vom Alkohol loscho, u er gang jitz i ne Privatklinik. Wen er ume fit syg, chöm de sy Frou o wider zrugg, u de chönn er o d Lilo wider heinäh. ‹Mit bestem Dank und freundlichen Grüssen, Erich Baumgartner.›

Ganz sachlech u chüel. Trotzdäm het dä Brief vil derzue bytreit, ds Härzeleid z vergässe; er het Klarheit gschaffe.

Ändi Summer isch im Thuner Amtsanzeiger es Inserat erschine: ‹Verkäuferinnen gesucht, von C. Vögele, ins neue Modehaus in Thun.›
Sofort het ds Annerös en Aamäldig gschickt, u gly druuf het es sech chönne ga vorstelle.
Vorhär isch es no zum Coiffeur ga nes Lockechignon la mache, wis denn isch Mode gsi. Es isch ihm guet gstande; uf all Fäll isch ds Annerös ygstellt worde uf en erscht Oktober.
Zur Krönig vo däm Tag isch es i ds Chino ga der Schiwago-Film luege.
Dä Film mit der Julie Christie het ihm gfalle. Bsunders beydruckt het ihns d Lara-Melodie:

Weisst du, wohin die Wolken alle ziehn ...

Bim Usegah hei es paar Bursche pfiffe u em Annerösli ‹Lara› nachegrüeft. Ja, genauso unglücklech het es sech gfüelt.

Aber gly fat öppis Nöis aa; es het en Aastellig und e feschte Lohn!

*Menschen zu finden, die mit uns fühlen
und empfinden,
ist wohl das schönste Glück auf Erden.*
　　Carl Spitteler

D Aline

1967

Im Herbscht isch ir nöi usbboute Heimstätt Gwatt ds erschte Mal e Witwe-Tagig für jüngeri Froue mit Chind düregfüert worde.
Der Pfarrer Bögli vo Goldiwil het ds Annerös mit em Flörli aagmäldet. Es het sech uf di Ablänkig gfröit u ghoffet, dert vilicht e jungi Frou z finde i sym Alter, müglechscht mit Chind.
Über füfzg Froue sy im Gwatt gägen Aabe ytroffe u o fasch sövel Chind. Für die isch e Beteröiergruppe da gsi, wo mit der Tschuppele in es anders Huus übere het wölle. Aber ds Flörli het nid wölle gah, u no en anderi Mueter isch mit ihrne zwöi Meiteli verzwyflet dert gstande; ds einte het us Lybeschreft bbrüelet u isch nid vo sym Mueti wäg, wahrschynlech wär die Trennig ds erschte Mal gsi, u d Beteröierinne hei ratlos zuegluegt.
Da isch ds Annerös mit em Flörli zu däm truurige Grüppli ggange, u zämethaft het me du di Chind underbbracht.

Di jungi Frou het sech vorgstellt als Aline Mühlimaa us Ittige bi Bärn.

Alli Froue sy im ne grosse Saal im Kreis ghocket, u jedi het us ihrem Läbe verzellt. Ganz verschideni Schicksal sy da vürecho, aber eis hei alli gmeinsam gha – si hei der Maa früe verlore.

D Aline isch di jüngschti gsi, si isch scho mit vierezwänzgi Witfrou worde. Hilflos heig si müesse zueluege, wi ihre Maa bim Baden i der Aare mitgrisse worde u ertrunke syg. Mi heig ne nie gfunde, u das isch bsunders schlimm gsi für di jungi Frou, wo denn ihres zwöite Chindli erwartet het, ds erschte syg grad knapp zwöijärig gsi. Vom Chlupf, wos denn het gha, heigs später epileptischi Aafäll übercho u drum bsunderi Beträjig bbruucht. Chinderchrippe hets denn keiner gha u di alei stehendi Mueter isch zwunge gsi Heimarbeit z mache. Si het für ds Züghuus gnääit, u das isch schlächt zahlt gsi, 1.60 Stundelohn. D Hose sy zu zäche Paar bbündlet mit emne Laschtwage vor d Türe bbracht worde.

Für d Ynahmen ufzbessere isch du d Aline zwunge gsi, am Aabe no für anderi Lüt z glette u am Samschtig ga Büro z putze mit beidne Meiteli im Wage. Drei Monet nach em tödlechen Unglück vom Maa het d Witfrou du ändlech e Ränte vo 207 Franke uszahlt übercho u für jedes Chind 103 Franke 50. Vo däm hätt si jetz sölle läbe u der Huszins vo 165 Franke zahle. Derfür hei d Groseltere u sogar d Urgrosmueter all Monet 20 Franken übercho, wils en Unfalltod vo ihrem Enkel isch gsi. Eso hets der Staat verordnet gha, d Fürsorgeämter sy no nid i jedem Quartier gsi, u nume im üsserschte Notfall isch men uf d Gmeind. De isch de Froue halt nüt anders bblibe, als Tag u Nacht z wärche, für dass si d Chind hei chönne deheime bhalte.

Un e Frou Wandflue vo Frutige isch dert gsi, dere ihre Maa isch verunglückt i de Bärge, u jitz steit si alei da mit ere chlyne Zündholzfabrigg. Ma sis ächt ebha –?

O ne Wirti vor Länk het gchummeret, wis söll wytergah.

Eso hei sech di Schicksal zeigt, wo dene Froue der Ernährer het wägg gno.

E jedi het ihren Alltag sälber müesse meischtere, d Froue sy müxlistill gsi. Albeneinisch het eini ufgschluchzget i der Erinnerig, wo bi allne truurig isch.

Es het Vorträg ggä – aber e grossi Hilf isch dä Aabe nid gsi. Früsch ume het es ds Leid ufgwüelt, wo scho echli vergässe wär gsi. Vil Froue hei hoffnigslos bbrigget.

U doch sy die nöi gwunnene Fründschafte Guld wärt gsi für nes jedes.

D Aline het vo de Chind verzellt, wo der Vati derewäg vermissi. Mi het also di glyche Sorge u Frage.

Ds Annerös het zueglost u nid vil verzellt, nume churz, sy Maa syg a Leukämie gstorbe. U es isch sech näb der Aline ganz schlächt vorcho, wen es a di Tage mit em Erich het ddänkt. Aber sys Läbe vorhär mit em Winkler Godi isch halt doch anders verlüffe als das vo der Aline, u de isch äbe mängs z verstah.

Di zwo Froue sy sech einig gsi, dass d Arbeit allwäg der einzig Wäg isch, für chönne z vergässe. Druuf hei si sech verabschidet, u mi het sech versproche, der Kontakt ufrächt z bhalte. U das isch e Fründschaft für ds Läbe worde.

E Frou Zahnd vo Münsige un e Frou Obrischt vom Worbletal hei nachhär z Bärn e Sälbschthilfegruppe ggründet für Aleistehendi u Träffen arrangiert. Da druus isch später der ‹Ring i der Chötti› entstande, wos hütt no git.

Mögest du immer Arbeit haben,
für deine Hände etwas zu tun.
Immer Geld in der Tasche,
eine Münze oder auch zwei.

Immer möge das Sonnenlicht
auf deinem Fenstersims schimmern
und die Gewissheit in deinem Herzen,
dass ein Regenbogen dem Regen folgt.

Die gute Hand eines Freundes
möge dir immer nahe sein,
und Gott möge dir dein Herz erfüllen
und dich mit Freude ermuntern.

Irischer Segenswunsch

Nöji Arbeit u Fründe

1967
Gly druuf isch d Eröffnig gsi vom Modehuus Vögele im Bälliz z Thun.
Voll Dankbarkeit, ändlech e schöni Arbeit z ha, het ds Annerös di nöji Stell aaträte.
Es isch i d Damen-Abteilig cho, im 1. Stock, mit zwo wytere Verchöiferinne. Im Parterre isch d Sport- u d Chinderabteilig gsi, mit der Kasse u der Ablag vo de verchoufte Stück.
Alli Aagstellte hei es fründschaftlechs Verhältnis gha underenand, es sy fasch alls gschidni

Froue gsi u alei erziehendi Müetere. Der Filialleiter, der Herr Sagne, u sy Frou, sy sehr nätt gsi. Mi het enand verstande u sech gägesytig i d Händ gschaffet.
Im 2. Stock isch d Herenabteilig gsi, wo der Herr Sagne mit em Stift het überno.
Mit jedem Chleid, wo me verchouft het, isch me mit der Chundin d Stägen ab zur Kasse. Denn hets no gheisse: Der Kunde ist König!
Das isch mängisch es Stägen-uuf-u-ab gsi a mene stränge Tag. Da sy am Aabe alli müed hei ggange u Zyt zum Studiere het me nid gha.

Im Winter het sech ds Annerös e ‹Lara›-Mantel gchouft u ne Muff derzue, wies denn isch Mode gsi.
Uf ds Mal hei ihm alli ‹Lara› gseit.
Es het Fründschaft gschlosse mit de Koleginne u ömel o mit em Heidi Stucki vom Beldona-Gschäft.
Si hei zäme es Abonnemänt gchouft für ds Stadt-Theater z Bärn, u mit Heidis VW sy si regelmässig loströtschgelet.
Für dä bsundrig Aalass hei beidi gäng es längs Chleid aagleit u derzue Stögelischue, u si hei sech gägesytig d Haar ufgsteckt. Theater, Opere, Operette – das isch für ds Annerös öppis

Nöis gsi, u es hets gnosse, bsunderbar d Zouberflöte vom Mozart oder der Zigünerbaron u di luschtigi Witwe. Di zwöi hei chönne lache u sech amüsiere, am Annerös isch das vorcho wi im ne Troum, u di nöji Freiheit hets fasch übernoh.

Sälber Gäld ha, o we mes mues yteile, sech öppis chönne gönne u einisch furt am Aabe, das het ihns uverschämt schön ddüecht.

Mängisch isch ihm zwar no der Erich im Chopf umeggeischteret, u es het sech probiert vorzstelle, wie das wär, mit emne Partner i Usgang z gah. Aber ds Heidi isch so ne fröhliche Gspane gsi, dass es gly d Manne u o ds Leid vergässe het.

Ds Florentinli isch während denen Usflüg uf Bärn bi der Nachbarsfrou beschtens ufghobe gsi. D Frou Buume het mit em Chind guet chönne umgah.

Im Früelig isch Examesfyr gsi i der Schuel. D Erschtklässler hei mit der Fröilein Zougg ds ‹Frühlingserwache› ufgfüert.

Zersch isch ds Schneeglöggli cho mit em luschtige Spitzechäppli, de ds chlyne Margritli, di gälbi Aprilglogge, de ds zarte Geisseblüemli u zletscht ds Vergissmeinnicht.

Wil ds Flörli gäng ersch im letschte Hüenerougeblick isch i d Schuel cho, het äs die Rolle übercho. Mit hällblauem Crepppapier het d Lehrere es Chleidli gmacht, äs het dä Blettlichrage über den Achsle treit, derzue es blaus Sametröckli vom Vögele, u mit tröihärzigem Ougenufschlag het es ufgseit:

I bi halt ds Vergissmeinnichtli,
mit em himelblaue Gsichtli.
I bi no nid zgrächtem wach,
drum chumen i nume ganz langsam zur Sach ...

Es isch e Muschteruffüerig gsi vo dene chlyne Chnöpf. Wi das ds Fröilein Zougg het bewältiget u all di Chleidli het härgstellt, isch grossartig gsi. D Chind u d Eltere sy räschtlos zfride gsi. Nach de Früeligsferie het scho ds zwöite Schueljahr aagfange.

Bim Vögele hei alli Aagstellte es Dirndlchleidli treit, jedes het d Farb chönnen useläse. D Ottilie mit ihrne schwarze Haar es züntrots u derzue es gälbs Schürzli.
D Nelly es blaus mit emne rote Schürzli u ds Annerös es grüens mit lila Schürzli u passende Pumps.

Das farbefröhleche Trybe het d Frouen aagmacht z choufe. Es het wie ne Reigen usgseh, wi di schlanke u flingge Verchöifferinne sy d Stägen uuf u abgwydlet, u gly isch ds halbe Stedtli i mene Dirndl umegloffe.

*Wir dürfen nicht erwarten, dass uns
die Mitmenschen Sünden vergeben,
die sie selbst gerne begehen möchten.*

Abigail van Buren

Erfahrige sammle

1968

Ds Annerös hätt wölle lehre Schrybmaschine schrybe u het sech am nen Aabekurs bir Migros-Schuel aagmäldet.

Nume der Heiwäg i ds Goldiwil isch müesam gsi; wil kes Poschtouto meh gfahren isch, hets gäng müesse loufe; es Taxi wär z tüür gsi.

Da hets gmerkt, dass di jungi Frou Hulliger o Aabekürs bsuecht u mit em Outo gfahren isch. Di fründlechi Frou het du ds Annerös mitgno, u da drüber isch es grüüsli froh gsi.

Ei Aabe isch d Frou Hulliger nid da gsi u ihre Maa het dusse gwartet. Ds Annerös het sech nüt derby ddänkt u isch gueter Luune i ds Outo gstige. Aber im Wald obe het er aaghalte, di verdutzti Frou obenyche gno u d Hosen ufta. Ds Annerös het sech gwehrt.

«Tue jitz nid eso, du hesch sicher dermit grächnet, süsch hättsch mi nid eso aagstrahlet ...», chychet der Hulliger.

Ds Annerös het drygschlage, mit de Fingernägel däm Maa ds Gsicht verchrauet un ihm eis uf d Nase ggä, dass ds Bluet numen eso isch cho z schiesse –. Dä het gfluechet u ddröit: «Wart du nume, dir will is zeige –!»
Ds Annerös isch us em Outo ggumpet, u är het der Motor aagla u isch dervo gfahre.
Mit zittrige Chnöi isch ds Annerös heizue ghaschtet.
Vor em Bett vom Flörli isch es abegchnöilet u het bbrieget.
«I wott mym Chind e gueti Mueter sy u no chönnen i d Ouge luege –!»
Aber d Frou Hulliger hets vo denn ewägg nümme mitgno u o nid ggrüesst.
Was het ächt dä Maa deheime u am Wirtshuustisch verzellt??
Äs het der Kurs abbroche u sech nümme getrout, alei dür e Wald uuf z loufe.
U es isch jitz öppe passiert, dass zmitts ir Nacht ds Telefon tschäderet het, u wes het abgno, sy fuuli Witze verzellt worde oder en uflätige Schlämperlig isch gfalle – geng vo re Mannestimm, u drufaben es Glächter.
Ds Annerös het sech gförchtet, ir Nacht schlächt gschlafe, bi jedem Muggs isch es hällwach gsi.
Es isch vorcho, dass nach de Zwölfen a der Tür

isch gchlopfet worde u Manne es Gaffi verlangt hei.

Ds Annerös isch sech als Freiwild vorcho, wo men usgsetzt het.

Es isch zum Pfarrer Bögli ga frage, was es ömel o söll mache ...

«Dihr syt vilicht nid ganz ohni Schuld, wil Dihr gäng eso nätt aagleit syt und eso nen Usstrahlig heit. Wärs nid besser, uf Thun abe ga z wohne u anderi Lüt um Nech z ha, u de wär der Wäg uf Goldiwil ufe nümme, das würd mängs erliechtere, überleget es Mal! U no ne Vorschlag han i : «Machet einisch Ferie, mit em Chind, das würd beidne guet tue – i weis da e günschtige Platz!»

Gang i Wald i d Bärgen ufe,
de findsch wider Wäg u Stäg
u magsch wider besser schnuufe,
gly bisch ume gsund u zwäg.

Jakob Ummel

Hof de Planis

1969

I de Summerferie isch ds Annerös mit em Florentinli i ds Prättigou uf e ‹Hof de Planis› am Stelserbärg.

Mit em Jeep isch me dür di änge Kurve vo Schiers der Bärg uuf gfahre bis uf 1300 Meter u vor emene grosse, alte Geböid aacho.

Hütt isch dert lengschtens e gueti Poschtoutoverbindig. Das Heim isch e Stiftig vo der Annie Bodmer-Abegg u isch a d Landeschile aagschlosse. Im Louf vo de Jahre hets mängi boulechi Veränderig ggä. Jitz ischs vor allem es Schueligs- u Tageszentrum. Denn isch es gleitet worde vom ne junge Sozialarbeiter-Ehepaar, Herr u Frou Porret-Schneider.

Alls isch ganz eifach, aber heimelig gsi. Mi het e wunderbaren Usblick gha i ds Prättigou, wo im Winter es herrlechs Schygebiet isch mit tollen Abfahrte.

D Pension het im Tag für di Erwachsne 11 Franke gchoschtet u für d Chind 8 Franke. Es sy fasch alls Müetere mit Chind dert gsi, u mi het wie ne grossi Familie zämegläbt. Di fröhleche Heimleiter hei derzue gluegt, dass sech alli hei wohl gfüelt. Ömel ds Annerös u ds Flörli sy gly wie deheime gsi. Di gueti Luft het Hunger gmacht, es het eifachi, aber währschafti Choscht ggä u alli sy um ne grosse Tisch ume gsädlet gsi. Mi het vil gsungen u Spil gmacht.

A schöne Tage isch ds Annerös mit em Flörli ga wandere, uf ds Chrüz oder uf Schuders. Einisch sy si mit der Rhätische Bahn uf Davos u dert um ds Seeli glüffe. Es Mal sy si zäme uf Bad Ragaz u z Meiefäld ga der Heidibrunne luege. D Luft undenuus isch drückend gsi, u ds Annerös isch gärn wider uf Planis ufe. All Tag het der Jeep Poscht bbrunge u mi het chönne mitfahre.

Am liebschte wärs dert bblibe, wos alls het chönne gsorgets ggä.

Vil z gleitig sy di drei Wuche verby gsi, ds Flörli het ume i d Schuel müesse u ds Annerös ga schaffe.

Ds Chind isch vo denn ewägg mänge Summer uf ‹Hof de Planis› i d Ferie u het dert es Hei gfunde.

Danke für manche Traurigkeiten,
danke für jedes gute Wort.
Danke, dass deine Hand mich leiten will
an jedem Ort.

                    Martin Gotthard Schneider

Umzug

1969

Nach de guldige Herbschttage isch e stränge Winter cho, u ds Annerös het eso richtig der Verleider übercho i der alte Wonig, won es no geng sälber het müesse heize.

Bis es am Aabe afangs chli gwarmet het i der Stube, isch es nache gsi für i ds Bett. Wie hets das o sövel mängs Jahr usghalte?

Es het aagfange uskundschafte für ne Wonig ir Näächi vor Stadt, aber nid z wyt ewägg vom Goldiwil. Am liebschte ar Louene oder im Hübeli-Quartier.

Dert hets du eis Tags gseh, wi Möbel sy us emne grosse Huus treit worde. Da isch ds Annerös churzerhand ga frage, ob da e Wonig frei würd. «Ja, di alti Frou Blaser überobe isch gstorbe, aber me mues no ruume u putze.»

Hantlig isch ds Annerös zum Husmeischter, u wils grad beidne gäbig passt het, isch ihm di schöni 3-Zimmer-Wonig uf en erscht Mei versproche worde.

Wäg em Schuelwächsel hets gfragt, ob es nid scho na der Oschtere chönnt yzügle.

«We Dihr d Maler nid schüüchet u d Putzerei, mynetwäge wohl», het der Husmeischter gseit.

Eso sy di zwöi am Oschtermändig a ds Hübeli züglet, wo zur Gmeind Stäffisburg ghört, wo gäbig vom Stedtli Thun erreichbar isch gsi.

Ds Florentinli isch nid so glücklech gsi über dä Wächsel. D Frou Buume het ihm überall gfählt u syner Kamerädli vom Goudeli. Hie hets kener andere Chind ir Nöchi gha u es het jitz uf Stäffisburg zum ne Lehrer i d Schuel müesse. Das isch ihm schwär gfalle, bsunders der wyt Schuelwäg.

Es het es Velo übercho, aber wils nid isch gwanet gsi z fahre, hets Angscht gha vor den Outo. Im chlyne Chämmerli under em Dach het ds Flörli sys Spilzüüg ygruumt, u uf em Balkon hets chönne spile. Mi het zum Schloss übere gseh u di wyte, grüene Matte bis zum Spital.

Wil der Zins vil höcher isch gsi als im Goudeli, het ds Annerös eis Zimmer vo der grüümige 3-Zimmer-Wonig wöllen usmiete – der Husmeischter hets ömel erloubt. Es het es Inserat ufggä, u gly het sech es jungs Töchterli inträssiert derfür.

Mit der Mueter isch es cho luege, u dere hets gfalle, wil no ‹mit Familienanschluss› isch gstande, samt Bad- u Chuchibenützig.

D Monika Wälchli isch es luschtigs Meitschi gsi, mit ere rote Haarmähne, wie nes Islandponeli. Es het grad d Lehr als Dameschnydere fertig gha u bi der Cespiwa im Gloggetal-Atelier chönnen yträte als Zueschnydere.

Später het sech das mängisch als chummlig erwise, dass d Monika eso guet het chönne nääje. Scho churz na de Föife het si Fyrabe gha u de albe mit em Flörli d Schuelufgabe gmacht, wil ds Annerös gäng ersch uf di Sibne am Aaben isch heicho.

Das isch e grossi Erliechterig gsi.

Über ds Wuchenänd isch d Monika hei uf Langethal gfahre, u ds Florentinli u ds Annerös heis gnosse, di schöni Wonig für sich z ha, u ganz bsunders ihres Badzimmer.

Fasch all Sunntig hei si e Bsuech gmacht im Goldiwil, bi der Lina Zulliger oder si sy zur Lehrere, zum Bethli Zougg, ggange u müglechscht no mit em Flörli zu Buumes.

Ds Annerös hets ddüecht, si syge scho geng im Hübeli gwohnt u äs schaffi scho ewigs bim Vögele. Aber du isch geng meh der Druck vom

Houptsitz gwachse, müglechscht grossi Umsätz z mache. Ds Pärsonal isch gschluuchet worde. Jede Monet hets e Sitzig ggä, für di nöji War z bespräche, u d Textil-Qualität isch hindertsi u vüretsi erklärt worde. Mängisch isch vom glychen Artikel e Riise-Huufen ytroffe u d Chleider hei müessen a d Frou bbracht wärde, obs gfall oder nid. Das Syschtem hets em Annerösli gar nid chönne.

Fasch meh zum Jux het es mängisch probiert, de Lüt das Züüg aazdrääje, u de hets gstuunet, wie me die Froue het zum Choufe chönnen überrede. Aber uf d Lengi isch das nid ggange u ds Gschäften uf dä Wäg isch ihm verleidet.

Mit der Lust zu leben
nimmt auch die Lust zu arbeiten zu
und der Mut mehr zu unternehmen.

Theodor Fontane

Nöji Aaforderig

1969

Da hets im Aazeiger gläse, dass ds Modehuus Oesch a der Houptgass tüej ds Gschäft vergrösere u no Pärsonal suecht. Ds Annerös het sech gmäldet u isch ömel aagstellt worde.

Voll Stolz isch es gsi, dert chönne z schaffe, wo eso tüüri Einzelstück verchouft wärde u äxtra spezielli Chleider vo französische Couturiers.

Das het aber o grossi Aaforderige gstellt a ds Verchoufspärsonal. U d Chundinne sy wählerisch gsi, wil sis hei vermöge, tüüri Chleider z choufe. Es het mängisch e tolli Portion Geduld bbruucht, bis sech di Dame hei chönnen entschliesse – ob rosé, lila oder bleu – tailliert oder bouschig – vom Dior oder Chanel.

Frou Dokter hie, Frou Dokter dert isch so der Tagesablouf gsi.

Zum Glück het ds Annerös es guets Gspüri gha für d Farbe u het probiert, us jeder Frou mit Gschmack u Flair di schönschti z mache.

O hie hets gueti Koleginne gha, aber d Rivalität isch gröser gsi. Wär darf zum Byspil d Frou Diräkter bediene, u wär het d Geduld für di elteri Dame, wo nümm wett der letscht Modegag mitmache?

Für ds Pärsonal isch es sälbverständlech gsi, vom Huus modisch gchleidet ufzträte, u wüchentliche Coiffeurbsuech isch Bedingig gsi.

Ds Annerös het d Chleider vom C. Vögele verschänkt u sech di usgwählte Nöiheite vom Mode-Huus Oesch gleischtet, mängisch über sys Budget.

Im Früelig u Herbscht isch grossi Modeschou gsi im Hotel Freiehof, u di mehbessere Dame sy yglade worde.

Das het Arbeit ggä, di verwöhnte Mannequins aazlege u alls rächtzytig schön parat z ha. Di erschti Verchöifere, d Fröilein Bärtschi, het afangs gwüsst, wie der Has louft, u het d Fäde geng grad i d Hand gno. De isch de der Run uf ds Extravagante los ggange – wär isch di Erschti, wo das tüüre, paillettebsetzten Aabechleid cha choufe –?

Ds Annerös isch vo de Modeströmige mitgrisse worde. Allpott hets öppis gseh, wo wurd zu syr schlanke Figur passe. Es het sech la hirysse u zvil Gäld usggä für Chleider, gly hets der Schaft voll gha, u ds Gäld für d Hushaltig isch knapp worde.

Uf däwäg chas nid wyters gah – es mues für ds Flörli sorge – es het gueti Vorsätz gfasset u nume no ds Nötigschten aagschaffet. U gly einisch hets müesse feschtstelle, dass dä Arbeitsplatz z vürnähm isch für ihns. Ds Pärsonal het nid Usverchoufsstück gchouft, nei, nume gäng ds Nöischte hets müesse trage.

Di längersch descht meh isch ds Annerös vo Chopfweh plaget worde, u geng hüüfiger hets Migräneaafäll übercho u eis Tags i der änge Kabine en Asthma-Afall.

Der Dokter het gfunde, es sött dringend i d Ferie. Sy Troum wär gsi, einisch a ds Meer, a d Adria oder süsch wohi. Aber wos het afa rächne, hets müessen ygseh, dass das nid dinne ligt. Hätts doch meh gspart u o a Ferie ddänkt!

Es het müessen useputze, wöschen u gartne, u ds Flörli isch alei uf ‹Hof de Planis›.

Ersch im Winter isch es i der Nöijahrswuche wäg em Asthma uf Montana i ds ‹Bella-Lui›, wo d Chrankekasse zahlt het.

Ds Flörli isch o mitcho u het dert glehrt Schy fahre u Schlyfschue loufe. Ir gsunde Höheluft het ds Annerös ume chönne schnuufe u alls überdänke. Es het gwüsst, dass es i Zuekunft meh mues uf d Gsundheit Acht gä.

Wo si ume deheime sy gsi, isch grad der gross Usverchouf glüffe.

Ei Tag isch d Fröilein Pfischter vom Porzellanhuus Herrmann cho ne Mantel choufe. Ds Annerös het se fründlech bedient u no grad ds passende Foulard derzue usegläse.

«Settigs Pärsonal sött me ha», het d Fröilein Pfischter grüemt u ds Annerös zum ne Gaffi yglade.

Nach em Fyrabe isch es i ds Tea-Room ‹Altstadt›, wo d Fröilein Pfischter gwartet het.

Si het verzellt: «Mir finde eifach e ke gueti Verchöifere i üses Gschäft, di Junge göh i ds Warehuus oder i d Modebranche, derby bruuchte mir im Porzellanhuus dringend e gueti Frou. – Wär das nid öppis für Öich?», het si ds Annerös gfragt.

«Das wär en Umstellig i der Warekund», hets zwyflet, aber es wöll sech di Sach überlege.

Deheim het ds Annerös der Monika drüber bbrichtet u die het gfunde, öppis ganz anders wär vilicht gar nid eso schlächt.

Am andere Tag het es mit em Herr Herrmann vom Houptgschäft telefoniert.

Dä isch scho im Bild gsi vo der Fröilein Pfischter u het em Annerös en Aastelligsvorschlag gmacht, wos überrascht het. Scho nach der Oschtere hätts chönnen yträte.

No am glyche Tag het es en Unterredig gha mit em Herr Oesch. Dä het sech bsägnet: «Was chunnt Öich o aa, ga Chacheligschir z verchoufe, we me eso ne guete Gschmack für d Mode het!»

Doch ds Annerös isch entschlosse gsi, dä Wächsel z wage. Bis am Oschtersamschtig hets müesse blybe, wil Früeligssaison isch gsi. Für Ferie het es e ke Zyt meh gha, u am Zyschtig druuf hets di nöji Stell aaträte.

*Von Zeit zu Zeit aufbrechen
aus dem Selbstverständlichen,
das Gewohnte eintauschen
gegen das Unbekannte.
Neue Ufer entdecken,
neue Räume betreten,
dem Leben auf der Spur bleiben.*

Antje Sabine Naegeli

E grossi Umstellig

1969

Alles isch völlig nöi gsi u ne Herusforderig für ds Annerös.

O hie im Gschäft vo Herrmanns isch Höchbetrib gsi im Früelig, wil d Brutpäärli sy cho d Usstüür useläse.

Di meischte hei Langetaler Porzlan gchouft oder für höcheri Aasprüch ds Rosenthalgschir u de di passende Wygleser derzue, mängisch o no ds Silberbsteck.

Da isch gueti Beratig nötig gsi. Ds Annerös het d Katalög gstudiert, die vom tüüre, fyne Rosenthalstudio u vo de Gleser d Bstelllyschte für di verschidene Wy- u Sektsorte oder die vo der schön bluemige Keramik bis zum handgmalte Langnouer Chacheligschir.

Di vile Gleser hei ständig wölle glänzig gribe u pflegt wärde. Eis Glastablar um ds andere het me füecht abgwäsche u spiegelblank tröchnet. Das isch zytufwändig gsi, u ds Annerös het zrügg a ds Modehuus ddänkt, wo men i der flaue Zyt numen ufgruumt het u Chleider bbygelet. Jitz sys schwäri Platte gsi u Schüssle un e Bärg Täller, u alls het müesse schön gradlinig usgrichtet sy u d Gleser hei sech sölle spiegle i de Tablar.

Bim Yruume het ds Annerös d Bstelllyschte mitgno u Artikel um Artikel gstudiert u sech yprägt. So hets i churzer Zyt d Warekund glehrt, mängisch bis spät am Aabe.

Ds Gueten isch gsi, es het obe im erschte Stock vom Gschäft e chlyni Chuchi gha, wo me sech het chönnen es Gaffi choche, oder ds Flörli isch häre cho d Ufgabe mache. A der Arbeit hets nie gfählt.

Mit der Karin Pfischter isch es flott gsi zämezschaffe, si hei sech guet verstande.

Di zwöi heis mängisch luschtig gha zäme u gly einisch Duzis gmacht.

Im Summer het d Karin di wohlverdiente Ferie gno u isch a ds Meer gfahre. Ds Annerös het ere das möge gönne u isch du richtig im Elemänt gsi u het wölle zeige, was es cha. Der Herr Herrmann isch cho luege u het grüemt, wi guet es sech ygschaffet heig.

Mängisch sy Brutpäärli cho u hei es ganzes Service für 12 Pärsone bstellt. Das Gschir kunschtgerächt yzpacke het vil Arbeit ggä, u so ne Chischten umezfergge isch e schwäri Sach gsi u fasch nid z bewältige für eis alei. Es isch drum em Annerös schuderhaft i Rügge gschosse, u es isch froh gsi, wo d Karin Pfischter wider isch da gsi.
Die het vil gwüsst z verzelle vo ‹Amore all'Italia›, u vo Florenz het si richtig gschwärmt.

Aber ds Annerös het gäng meh Chopfweh gha, u wäg der Migräne hets öppe mal müesse deheime blybe. Di gueti Luft vom Goldiwil het ihm z Thun gfällt u das Übel het gäng meh überhand gno. Es het sech mängisch glitte bis zum Erbräche u het du doch hei müesse ga ablige. Wahrschynlech het es sech mit dere Arbeit eifach z vil ufbbürdet, u mit em Rügge hets ständig meh Problem übercho.
Da hei si im Gschäft e Lehrtochter ygstellt, u die het du ds Gschir umetreit. Das het chli Erliechterig bbracht, aber ds Annerös het sech no

weniger dörfe la aamerke, dass es nid vor Branchen isch.

Geng meh het es Tablette gschlückt, für ömel nid müesse deheime z blybe.

Der Sonntag war so seidengrau,
das Land so weich und weit,
wie Hintergrund für eine Frau
in einem grünen Kleid.

Rainer Maria Rilke

E Frou im grüene Chleid

1969

Einisch am ne strahlende Föhntag het ds Annerös wölle ga Tablette choufen i d Apotheegg. Es isch ihm eso schwindlig gsi, dass es gstolperet isch u bi mene Haar di drei Tritt uf d Strass usetrolet wär.

Da hei ihns zwe starchi Arme zrugg gha, ds Annerös het i nes markants Mannegsicht gluegt, un e Stimm het ihns gfragt: «Geits wider, Fröilein –?»

Trotz syr Migräne isch ihm dür e Chopf: «Di bruunen Ouge!»

«I füeren Ech hei, wo wohnet Dihr?», het die aagnähmi Stimm gfragt.

«I ha nid wyt, danke!»

«Nenei, das geit nid; i ha ds Outo grad da uf em Parkplatz – styget y!»

Ds Annerös het es hällgrüen blüemlets Chleid aagha, wo d Monika het gnääit.

Es isch ihm bsunders guet gstande zu syne blonde Haar. Dä gfröit Aablick het däm Maa offebar gfalle.

Vor der Hustüre het er ihns ömel usglade u gseit: «I chume de am Aaben einisch cho yneluege, wen i darf – übrigens, my Namen isch Morell. I bi vo der ‹Pharmazie›.

Ds Annerös het d Schlafstuben abddunklet u isch mit emene nasse Tüechli uf der Stirne ga lige.

I sym gmarterete Chopf het sech alls ddrääit – di bruune Ouge, di Stimm –! Isch alls e Troum?? Sicher gsehts dä Maa nie meh!

Aber am Aabe isch der Herr Morell wider vor der Tür gstande, er het di Frou im grüene Chleid nid vergässe gha.

Ds Florentinli isch ga uftue u het verwunderet grüeft: «E frömde Maa isch dusse –!»

Der Herr Morell het am Annerös e Fläsche Sterkigsmittel häregstreckt. Es het der Gascht yne gheisse u nes Gaffi gmacht u sech entschuldiget wäg der Migränen am Mittag.

«Machet doch albe, we Der wider so starch Chopfweh heit, sofort es starchs Gaffi mit Zitrone u näht zwöi Aspirin – das hilft.»

Dä Ratschlag het es grad befolgt, u es isch ömel gly besser worde.

Isch es jitze vo de Tablette oder d Gägewart vo däm flotte Maa?

Der Herr Morell het gseit, är wöll nid störe, es bruuch jitz sicher Rue, er chöm de besser es anders Mal – u isch ggange.

Chuum isch e Wuche verby, het er sech wider gmäldet:

«Wie geits?», fragt er am Telefon u fahrt wyter: «I möcht mit Nech a See ufe fahre, wes passt; i bi am halbi achti da – chömet de im grüene Röckli!»

Si sy i ds Tea Room ‹Alti Mühli› uf Gunte u dert im hilbe Summeraabe verusse ghöcklet.

«I bi der René, mir chönnten eigetlech Duzis mache –», seit er uf ds Mal. «Es wär mer dra gläge, wen i albeneinisch dörfti cho. Nie wirden i vergässe, wi du mir bisch i d Arme gfloge i däm lindegrüene Chleid, mit dyne guldige Haar u dyne grossen Ouge!»

Si hei uf e See gluegt, wo sech d Aabesunne gspieglet het, u der René verzellt:

«Wi du am Ring aa gsehsch, bin i ghürate, i wott das nid verheimleche. My Frou isch scho lang chrank, si het Multiple Sklerose u isch zur Zyt z Montana i der Klinik.

I wett di nid unglücklech mache, aber won i di ha gseh, han i gwüsst: Die Frou lat mi nid los!

Jitz bin i da, u du chasch mi heijage oder ‹ja› säge – du weisch Bscheid!»
Ds Annerös schlückt läär –.
«Am Frytig i zwo Wuche bin i wider z Thun u lüte de aa, punkt am eis zmittag – für z frage, ob i dörf cho ... Chasch es der bis denn überlege.»
So isch abgmacht worde, u der René het ds Annerös im ne Zuestand zrügg gla, wo schlimmer isch gsi als e Migräne.

Das höchste Glück des Lebens besteht in der Überzeugung, geliebt zu werden.

Victor Hugo

Di grossi Liebi

1969

A däm Frytig het ds Annerös chuum öppis abebbracht vom Zmittag.
Ds Flörli isch umen i d Schuel, u ds Annerös isch vor ds Telefon gsässe.
Glychwohl isch es zämegfahre, wos glütet het.
«Hie isch der René – hesch ders überleit, darf i hinecht cho?»
Meh als ‹ja› het ds Annerös nid vürebbrunge.
Hätt es sölle Nei säge? Aber es het ja fasch nid möge der Aaben erwarte.
Em Flörli hets gseit, es dörf de im Zimmer vor Monika schlafe, die isch meischtens scho am Frytig Abe heigfahre.
«Es chunnt drum Bsuech, weisch, dä Maa – der René!»
Fasch het sech ds Annerös gschiniert vor em Chind, aber das het sech gfröit, alei i mene Zimmer z schlafe.
Es isch en Aabe u ne Nacht worde, wo ds Annerösli nie het vergässe.

So behuetsam u zärtlech isch no nie e Maa mit ihm umggange – es het gwüsst: Das isch jitz Liebi – di ganz grossi Liebi!
Vo denn ewägg isch der René jede Frytigaabe cho, wen er isch z Thun gsi.
Ds Annerös het der Monika müesse bychte, ds Flörli schlaf de alben i ihrem Bett.
Die het nume glachet u gmeint: «Das wär de afangs Zyt für settigs.»

O im Gschäft hets dervo der Karin Pfischter verzellt. Beidnen isch ds Muul überglüffe, wil si beidi sy verliebt gsi. Geng wider het eis öppis gwüsst z brichte, wo me sech het chönne fröie drüber. Der Karin ihre Fründ isch scho länger ir Trennig gsi, si het verzellt, si heige sech z Florenz glehrt kenne, u ganz unverhofft heigs liechterloh bbrönnt.
Di zwo Froue hei sech im Gschäft Gschir usegläse, wo so richtig zur Liebi passt het. Em Annerös hets d Wildrose vo Villeroy & Boch aata u derzue handgschliffni Wygleser. Mit däm isch es e wahri Fröid gsi, e feschtleche Tisch z decke!
D Karin het sech sogar zum ne Rosenthalservice la verleite mit de passende Gleser i allne Variatione. Beidi hei gratiburgeret, was me de am Bsuech für feini Sache zum Ässe wöll ufstelle

un e guete Tropfe derzue. D Karin het nid möge gwarte für z hürate.
Aber em René sy Frou isch wider heicho, u är het müesse pflege. Hie und da het er aaglüte, zum ne Bsuech hets nümm glängt. Das isch ds Annerös hert aacho.

Mit der Migräne isch es nid besser worde.
Eis Tags, wo si hei Gschir uspackt, isch es em Annerös i Rügge gschosse, dass es nümm het chönne loufe. Mit emne Taxi isch es zum Dokter gfahre, u dä het ihm e Sprütze gmacht.
«Nüt meh schwär lüpfe!», isch der Befähl gsi.
Wäg der Migräne het es eis Medikamänt nach em andere usprobiert u nüt het wölle hälfe. Das isch e längwyligi Sach worde.
Der Rheumatolog Mosimann z Thun het du ds Annerös i ne Kur gschickt. Im Oktober 1970 isch es für drei Wuche i ds Kneipp-Kurhuus uf Dussnang i ds Tannzapfeland im Hinterthurgou. Der Dr. Suter isch denn leitende Arzt gsi. Är het grossi Erfahrig gha mit Rheumapatiänte, u ds Huus isch nach de füüf Süüle vom Kneipp gfüert worde: 1. Wasser, 2. Bewegig, 3. Heilchrüter, 4. Ernährig, 5. Läbensornig.
D Kurgescht sy vo Benediktinerschwöschtere betröit worde. Zu der Zyt sy öppe vierzg vo de-

ne guete Geischter aagstellt gsi, wo sech für ds Wohl vo de Kurgescht ygsetzt hei, u d Sr. Salesia Stäheli isch d Oberin gsi.

Ds Annerös het am Morge heissi Höibluemewickel übercho, nachhär Güss u ne Massage, wo vo der Schwöschter Ewalda sorgfältig sy usgfüert worde. Das het sym Rügge guet ta, un es het sech chönne erhole. Nach drei Wuche isch es früsch uftanket wider hei.

Der René hets ersch im Novämber wider gseh. Är het gschribe, es gang syr Frou nid guet, er chönn gäng no nid wägg. Das isch e herti Zyt gsi. Z schrybe het sech ds Annerös nid getrout u ersch rächt nid z telefoniere. Es het gwüsst, dass der René jitz zu syr Frou ghört. Är het ärnscht drygluegt, won er äntleche umen einisch isch cho, syner Ouge hei e dunkle Schatte gha.

«Mir hei d Eliane müessen i nes Pflegheim tue. Si het e nöie Schueb gha u cha nümm loufe u isch jitz uf e Rollstuel aagwise. I cha se nümm sälber pflege, i mues ja schaffe. My Mueter chunnt cho d Hushaltig mache für e Björn u Sven u mi. D Eliane isch in Schwede gebore u het hie süsch niemer. Würdisch du, wes müglech isch, se hie und da ga bsueche – öppe es Mal mit em Roll-

stuel ga spaziere? Es wär mer e Troscht das zwüsse.»
«Das cha mers nöimedüre nid rächt, was söll i de o säge?», entgägnet ds Annerös. «Was söll de o us mir wärde?»
«Dänk a dy Zuekunft – du muesch frei sy u ne Maa finde, wo du nümme muesch ga schaffe u ds Flörli es Hei het, wos umsorgets isch, es bruucht e Vatter! Un i mues zu mir chrankne Frou stah – gäll, das versteisch?!»

A däm Aabe sy si zäme i ds Chäller-Theater ga ‹Santa Cruz› luege vom Max Frisch.
«Eso wi der Pellegrin u d Elvira nid zäme chöme, eso wärden o mir nid zämecho», het der René truurig gseit.
I wirden i Zuekunft nümme cho, du muesch frei sy für ne feschti Bindig, du darfsch nid d Gsundheit uf ds Spil setze – lue zue der, i chas leider nid!»
Si hei di ganzi Nacht düre bbrichtet, nächhär si sy sech still i den Arme gläge u hei sech gliebt – z letscht Mal.
«Eso ne Liebi gits numen einisch im Läbe u treit düre bis änen uus – vergässe tüe mer enand nie! U wen i frei bi, chumen i wider. – Du bisch ds Gröschte u ds Schönschte, wo mer passiert isch»,

het der René no gseit u ds Annerösli fescht i d Arme gno.

Ich verwünsche nichts, was ich erlebt habe – und nichts, was ich erlebt habe, wünsche ich nochmals zu erleben.

Die Wort vom Frisch hets nie vergässe.

Em Florentinli het er es Briefli zrügg gla u drinne gschribe, er drück ihm der Duume für d Sekundarschuelprüefig. E gueti Usbildig syg wichtig für ds Läbe.
Ds Annerös het sech syner Gsichtszüg yprägt, für se nie z vergässe – e letschte, länge Blick – u de isch er ggange.

Es het di nächschte Tagen umegmuderet, gedankelos d Arbeit gmacht u isch schier verzwyflet i den einsame Nächt. D Sehnsucht nach der Zärtlechkeit vom René heis fasch versprängt. Öppis, wo unerreichbar isch, wird immer wi wärtvoller, wird gröser u gröser, bis es eim ganz usfüllt.
Zersch sy no Briefli cho: ‹Geliebte Elvira – Dein Dich liebender Pellegrin› –.
De hets von ihm troumet, fasch jedi Nacht; er hets berüert, u zärtlech isch sy Hand über ihns

gstriche – u de isch es verwachet. Alls het so weh ta.

Em René mues es ähnlech ergange sy. Är het gschribe, es syg liechter z vergässe, we me nüt meh vonenand ghöri, u syner Briefli sy usbblibe, un es het sen ufbewahrt, wie ne grosse köschtleche Schatz.

Liebi chasch nid choufe,
chasch nid eifach ha,
s nützt nüt nachezloufe –
si isch ganz plötzlech da.

Ruedi Krebs

Eheaabahnig

1970

Em Annerös sy Liebeschummer isch o em Bethli Zougg ufgfalle, wos umen einisch i ds Goldiwil uechen isch.
«Dihr söttet luege für ne Maa, wo Dihr chöit hürate. I zale bim kirchleche Eheaabahnigs-Inschtitut für Öich y, de chöit Dihr luege, wär sech da mäldet!»
Nid mit voller Überzügig het sech ds Annerös aagmäldet u ne Foto ygschickt.
Aber gly einisch het sech e Maa i sym Alter gmäldet. Dä isch ganz verzwyflet gsi, wil ihm d Frou vo füüf Chind ewägg gstorben isch. Er het e Beckerei gha, näbenusse uf em Land. Us luter Erbarme isch ds Annerös ga luege.
Nei ou, die Zueversicht!
Drü Chind hei no i ds Bett bbyslet, wil niemer zue ne gluegt het. Suberi Bettwösch isch keni vorhande gsi. U ussert im breiten Ehebett isch

e ke Platz gsi für ne Schlafglägeheit. Das het em Annerös der Boge ggä. Nei – bhüet mi der Liebgott vor em Hüenervogel! – i so ne Hushalt yne wott es sech nid dry la, das wär e grossi Dummheit u würd syner Chreft bi wytem überfordere!

Es het däm enttüüschte Maa Abchabis ggä u das uf der Fürsorgestell vom Dorf gmäldet, wo sech du e Hilf für di arme Chind gfunde het.

No es paar anderi Manne hei sech gmäldet. Ds Annerös isch mit dene Briefe zu der Aline, wos vom Gwatt här kennt, uf Bärn.

Es het se schuderhaft glächeret bim Düreluege – kene het wölle passe.

Numen e Lehrer us Biel het ds Annerös no troffe. Aber dä isch vom Tschutte so begeischteret gsi u het nume vo de Gool bbrichtet, wo sy Mannschaft gschosse heig, dass ds Annerös ddänkt het: «Was bruucht dä e Frou, wen er mit de Schütteler ghüraten isch?»

E Herr Gysin vom nobleschte ‹Basler Daigg› het no gschribe; eine wo i der Chemie gschaffet het. Aber däm het ds Annerös o abgschribe, uf Basel hets nid welle.

Es het eifach niene zündet. Vil z naach isch ihm d Vergangeheit mit em René gstande.

D Aline het bereits wider Bekanntschaft gha mit emne junge, flotte Mechaniker, un es Jahr später hei si ghürate. Mohl potztuusig, die het Muet!

Doch si het Glück gha mit däm Bursch, u gly hets Familiezuewachs ggä – un es Jahr später no einisch es Buebli.

Si het halt d Glägeheit bim Schopf packt u nid eso wählerisch ta wi ds Annerös.

Us däm Eheaabahnigs-Inschtitut isch ömel nüt worde. Wunder sy äbe sälte.

D Liebi isch öppis Choschtbars, wo me nid cha choufe. Glück mues me halt ha!

*Eine schöne Kindheit
gibt dem ganzen Leben einen Glanz,
den nur jener kennt,
der sie erfahren durfte.*

Hermann Hesse

Ds Flörli u d Schuel

1971

D Sekundarschuelprüefig het ds Flörli guet überstande. Es het gwüsst, dass ihm vili der Duume drücke. Mit em Kanarievögeli, wo der René ihm gschänkt het gha, het es über alles gredt, u der ‹Hansli› hets verstande.
Schlimmer isch du gsi, dass d Monika furt isch. Si isch zum Fründ uf Bärn ga wone.
Drum het du d Florentina bim nächschte Mal mit i ds Kurhuus uf Dussnang dörfe. Es het dert mit em Papagei ärnschthafti Gspräch gfüert u het lut use glachet, we dä gchrächzget het. Vo den eltere Damen isch ds Flörli nach Note verwöhnt worde, alli hei Fröid gha a däm luschtige Meitschi. Eso sy ou hie Fründschafte für ds Läben entstande.

Es nöis Zimmerfröilein isch cho, d Mariann Wänger us Wimmis. Si isch grad vo Ängland

zrugg gsi u het dert e truuregi Liebi erläbt gha. Jitz isch si a de freie Tage ga ryten i Schnittweier, u am Aabe het si gäng gsunge: «Es hängt ein Pferdehalfter an der Wand ...»
Si isch Sekretärin gsi uf em Gmeindsbüro z Stäffisburg u het eso gäng früech Fyrabe gha. Das isch guet gsi für ds Flörli, es het nämlech chli Müei gha mit den Ufgaben i der Sekundarschuel u ke rächten Aaschluss gfunde zu de Kamerädli. Da hets aagfange, jede Morgen alls erbräche, wes i d Schuel het müesse.
Ds Annerös het nid gwüsst, was mache.
Ei Morge, won es wäge re Migräne im Bett isch gsi, hets glütet a der Türe. E Maa het ds Flörli heibbracht.
«I bi der Lehrer Eltz, Öies Chind isch fasch under ne Laschtwage cho, es söll hütt deheime blybe, i chume de am Aabe wider.»
Am Aabe sy si zämegsässe, u dä guet Mönschekenner het sofort d Situation vo der chlyne Familien erfasst. Ds Annerös het verzellt vo syr Migräne, u der Herr Eltz het gseit, syr Frou gangs prezis glych a Föhntage. Er het gly gmerkt, dass ds Flörli z vil aleini isch.
«I würd Öich vorschla, ds Florentinli uf Bärn i d Steiner-Schuel z schicke, das wär besser für das sensible Chind.»

Ds Annerös het sech la erkläre, was das uf sech heig mit dere Rudolf-Steiner-Schuel u warum grad ds Flörli uf Bärn abe sött, wil dert weniger Leischtigsdruck syg. Der Lehrer Eltz het es Träffen arrangiert, u di zwöi sy mit em zueständige Lehrer ga rede.
O der Lehrer Ruchti isch e verständnisvolle Maa gsi, wo d Chind sofort hei Zuetroue gfunde u ds Flörli isch begeischteret gsi vo dere Schuel ar Effingerstrass.
Als Erschts het me d Chöschte besproche, wil doch ds Annerös nid so vil het chönne zale, aber da het me ne Lösig gfunde.
«Am Mittag tüe es paar Müetere es eifachs Ässe choche, u d Chind blyben i der Schuel.»
Das het ds Annerösli beruehiget; es het mit der Lehrerschaft z Stäffisburg di Sach besproche, u ds Florentinli het sofort i d Steiner-Schuel chönne. E glücklechi Lösig.
D Angscht vor em wyte Schuelwäg isch gly verfloge gsi, es sy no füüf Kamerädli uf e Zug un uf Bärn gfahre. Si heis luschtig gha mitenand, u ds Flörli het gly der Chnopf ufta u isch a de Morge fröhlech uf d Socke ga Bärn zue.

Ds Annerös het Vortreg bsuecht über Anthroposophie, wo der Lehrer Eltz het gha z Thun,

un e nöji Wält het sech ufta. Es het afa Büecher läse drüber, aber mängs isch ihm es Rätsel bblibe. ‹Freie Geisteswissenschaft› vom Rudolf Steiner hets probiert z läse u ‹Geisteswissenschaft und christliches Denken›.
Es het gmerkt, das isch e ganz anderi Läbeshaltig, nid e Religion. D Mönsche ganzheitlich behandle, Körper, Seel u Geischt, mit em Zil, d Freiheit und d Entfaltig vom Einzelne z fördere. Wes o nid alls verstande het, isch es ihm doch e grossi Läbeshilf gsi. Nümm dä Druck vo Sünd u Straf, won es vo der Chindheit u vom Godi kennt het, nei, ds Ybbettetsy vom Mönsch i Kosmos, i dä ewig Kreislouf vo de Naturgschehnis, i d Gsamtheit vo der Schöpfig, das lat der gsund Chärn im Mönsch la vürecho, das git ihm Chraft u Zueversicht.

Das andere Dänke het ds Annerösli bewahrt vor Depressione, u langsam het es sys schwirige Schicksal chönnen aanäh.

Wie jede Blüte welkt und jede Jugend
dem Alter weicht, blüht jede Lebensstufe,
blüht jede Weisheit auch und jede Tugend
zu ihrer Zeit und darf nicht ewig dauern.
Es muss das Herz bei jedem Lebensrufe
bereit zum Abschied sein und Neubeginne,

um sich in Tapferkeit und ohne Trauern
in andre, neue Bindungen zu geben.
Und jedem Anfang wohnt ein Zauber inne,
der uns beschützt und der uns hilft, zu leben.

                Hermann Hesse

Ds Florentinli – Tina hei sin ihm gseit ir Steiner-Schuel – isch glücklech gsi. Der Lehrer Ruchti het vil us em Chind usegholt u sy Art gwüsst z näh. Ganz vo alei het d Tina Ufgabe gmacht u gäng meh glehrt als das, wo wär nötig gsi. D Chind hei enand aagsteckt u gyferet für z lehre. Bsunders uf d Sprache isch Wärt gleit worde, spilerisch hei si Französisch, Änglisch u Italiänisch glehrt. D Chind hei eifach mit Fröid gschaffet un erstuunlechi Leischtigen erbracht.
O a der Eurhythmie het d Tina Gfalle gfunde u di Bewegige deheime vorgfüert.
Eso isch d Steiner-Schuel zu re grossen Erliechterig worde für d Florentina, u ds Annerös het o dervo profitiert.
Mängs schöns Gedicht hei d Chind glehrt. Der Goethe isch höch in Ehre gstande.
Wo si einisch a d Stoubbachfäll im Luterbrunnental sy, isch ne ds Gedicht vom ‹Gesang der Geister über dem Wasser› i Sinn cho:

*Des Menschen Seele
gleicht dem Wasser:
Vom Himmel kommt es,
zum Himmel steigt es,
und wieder nieder
zur Erde muss es,
ewig wechselnd.*

*Strömt von der hohen,
steilen Felswand
der reine Strahl,
dann stäubt er lieblich
in Wolkenwellen
zum glatten Fels,
und leicht empfangen,
wallt er verschleiernd,
leis rauschend,
zur Tiefe nieder.*

*Ragen Klippen
dem Sturze entgegen,
schäumt er unmutig
stufenweise
zum Abgrund.*

*Im flachen Bette
schleicht er das Wiesental hin,
und in dem glatten See
weiden ihr Antlitz
alle Gestirne.*

*Wind ist der Welle
lieblicher Buhler,*

*Wind mischt vom Grund aus
schäumende Wogen.*

*Seele des Menschen,
wie gleichst du dem Wasser!
Schicksal des Menschen,
wie gleichst du dem Wind!*

Johann Wolfgang Goethe

Erst dann, wenn es uns möglich ist,
Tautropfen als Perlen zu sehen,
Tanzende Sternenlichter auf dem Wasser
als Diamanten und kurze Augenblicke
als die Unendlichkeit,
erst dann verstehen wir zu leben.

              Elisabeth Gertsch

Veränderige

1972

Vom Annerös isch wider e nöji Entscheidig gforderet worde.

D Karin Pfischter het ghürate u isch uf Bärn ga wone. Zersch isch si no mit em Zug uf Thun i ds Gschäft cho, aber ihre Maa het wölle, dass si z Bärn e Stell suech. Da het ds Annerös d Filialleitig vom Porzellanhuus Herrmann z Thun sölle übernäh. Wils aber leider e ke Lehrabschlussprüefig het gmacht gha, hets o kener Lehrtöchter dörfe usbilde. Ds Rosenthalstudio het verlangt, dass i jedem Gschäft e Verchöifere syg, wo e Drei-Monet-Usbildig im Houptgschäft z Dütschland macht.

Da het ds Annerös ygseh, dass das für ihns nid i Frag chunnt, un es het mit schwärem Härz gchündet uf e Herbscht.

Ohni Fröid het es wider i menen eltere Modegschäft z Thun e Stell aagno, bi zwöine eltere Fröilein.

Zum Abschid het d Karin mit ihm abgmacht, en Aaberundfahrt uf em Thunersee z mache. «Du bruuchsch e chli Ablänkig vo dyne Problem!»
Am letschte Samschtig im Ougschte isch ds Annerös, feschtlech aagleit, i mene türkisblaue Chleid mit Stola a d Schiff-Ländti. Drü Schiff sy zur Abfahrt parat gstande, u ds Annerös het nid gwüsst, i weles ystyge – z weni gnau hei si das besproche gha.
Vor Karin wyt u breit e ke Spur.
Im letschte Momänt – mi het scho welle der Stäg yzie – isch ds Annerös ygstige. Da chunnt d Karin mit ihrem Maa z springe: «Mir sy im zwöite Schiff!»
Aber der Schiffskapitän het ds Annerös nümm wölle la usstyge. E chli verlore isch es desumegstande u het Platz gsuecht.
«Da, Fröilein, chömet zu üüs, es het no Platz!»
E Chuppele Lüt i jedem Alter sy dert ghöcklet u hei ihm gwunke. Si hei sech vorgstellt, alls PTT-Aagstellti vo Bärn. Ds Annerös het sech vorgno, ds Beschte us däm Aabe z mache u isch zue ne gsässe.

Es isch du ganz e churzwylegi Fahrt worde – mi het zur Musigkapälle tanzet, sech gägesytig zueproschtet u Duzis gmacht. Alli Näme het ds Annerös nid chönne bhalte, nume grad sys Vis-à-vis, der Martin Balmer, isch ihm bblibe.

Dä het ihm us schelmischen Ouge zuebblinzlet, sech vorgstellt, im Louf vom Aabe es paar Mal mit ihm tanzet, u är het ömel o nach syr Adrässe gfragt. Ds Annerös het ihm se gseit u derby ddänkt: Dä vergisst das einewäg wider i däm Trubel.

Der Aaben isch verby, u me isch usenand.

Ds Annerösli het sech tüüscht.

Der ander Tag – e strahlende Sunntig – isch e frömde Volvo vorgfahre u der Martin Balmer isch usgstige.

Är hets zu mene Fährtli yglade, mit em Flörli. Si sy ds Simmetal ufgfahre gäge d Länk.

Am Hörnliwäg hei si e Halt gmacht u uf ere Wulldechi plegeret. Si hei enand gägesytig verzellt us ihrem Läbe.

Der Martin isch Wittlig gsi, wohnt alei z Bärn u het en Aastelig als PTT-Techniker.

Das wär also jitz e Maa zum Hürate, u gar nid unsympatisch! Ds Annerös het der René ghöre säge: «Lue für dy Zuekunft u dänk a ds Flörli.»

Der Martin het sech sofort guet mit em Chind

verstande u gäng es Gspässli parat gha oder öppis gwüsst z verzelle.

Vo denn ewägg isch er jedes Wuchenänd cho, u ds Annerös het umen ufgläbt.
Es het nume nid dörfe verglyche mit em René.
Gly einisch sy meh als nume fründschaftlechi Gfüel für e Martin da gsi. Syni natürlechi Sinnlechkeit isch zuepackend gsi u fordernd – i bi da u jitz – jitz.
Er isch e guete Liebhaber gsi.
Nume mängisch isch wie ne Stärnschnuppe em Annerös der René i Sinn cho, aber der Gedanken isch verfloge, u d Gägewart het itze Martin gheisse.
Mit em Flörli isch es prima ggange. A mene Samschtigaabe hei die zwöi geng es feins Ässe gchochet – das isch em Martin sys Hobby gsi –, u ds Flörli het chönne handlangere u Tisch decke. Albeneinisch hei si sogar chinesisch ggässe u sech la verwöhne.

Im Winter isch der Martin mit em Annerös e Wuche i ds Leukerbad. Das isch doch öppis anders gsi als di alte Patiänte im Kurhuus z Dussnang. Der Martin isch e humorvolle Kumpel gsi u het gwüsst, wie ds Annerös ufzstelle. Aber di ewigi Migräne het em Annerös e böse Strich dür d Rächnig ta. Vil isch es im verdunklete Zimmer gläge u het gstudiert.

Im Bruef het es ihm gar nid gfalle, bi dene zwo Froue isch es mängisch stärbeslängwylig gsi. We e ke Chundschaft isch cho, het es für d Zyt uszfülle Gufe i nes Chüssi gsteckt u ume usegno. Zum Glück isch d Ushilf e fröhlechi Frou gsi u het alls glasse gno.

Mängisch hets em Martin verzellt. Dä het gfunde: «Chumm doch uf Bärn, dert findsch schnäll e gueti Stell.» U gly druuf isch er mit em Stadt-Aazeiger cho: «Ds Mode-Huus Mässerli ar Schwanegass suecht e Verchöifere, das isch naach bim Bahnhof u wär doch öppis für di!»

Vom Modehuus Oesch här het ds Annerös no nes usgezeichnets Zügnis gha, u so het es sech um di Stell beworbe. Es het sech chönne ga vorstelle u uf en erschte Mei aafa.

Zur glyche Zyt isch d Mariann Wänger zum Fründ zoge, un es nöis Zimmerfröilein isch cho: d Evelyn us der Oschtschwyz, es ufgstellts Meitschi. Es isch Verchöifere gsi bim ‹Sport Holewäger› z Thun. Das isch eis Jahr bi ne gsi u het du o ne Fründ gfunde u später z Stäffisburg ghürate.

D Begeischterig für d Modebranche het o z Bärn bim Annerös nid rächt wöllen ufcho. D Chunde syn ihm alli frömd gsi, u mit de Koleginne hets schlächte Kontakt gha. Mi het sech gägesytig d Chunden abgjagt, wil uf Provision gschaffet worden isch; das het böses Bluet ggä u zu Spannige gfüert underenand.

Uf ds Mal het ds Annerös bi jeder Ufregig Nesselfieber übercho, e züntig roten Usschlag, wos grusam bbisse het.
Der Martin het du vorgschlage für i d Ferie.
Ändi Oktober isch ds Annerös mit em Flörli uf Poschiavo gfahre. I re günschtige Pension z Le Prese am Poschiaversee hei si es heimeligs Zimmer gfunde.
Di erscht Wuche isch es alei mit em Flörli gsi für sech z erhole u nachhär isch o der Martin cho.
Es isch prächtig Wätter gsi; mi het all Tag chönnen Usflüg u Wanderige mache.
Wi andersch isch doch ds Läbe ohni Chopfweh u Nesselfieber! Di wunderbari Luft het ds Annerös fasch i ne Ruusch bbrunge.
Si sy uf d Lagalp, uf e Corvatsch u über e Bernina-Pass nach Pontresina, mit em rote Bähnli zum Lago Nero u hei dert längi Spaziergäng gmacht.

Einisch, wo si z zwöit über d Alp Grüm glüffe sy, het der Martin ds Annerös umegwirblet u gsunge: «Wer hat uns getraut? – Sag du – Der Dompfaff hat uns getraut –!», u si hei sech gliebt under em töifblaue Herbschthimel!
«Die Liebe, ja die Liebe, ist eine Himmelsmacht!»

Der Martin isch wider zrugg gfahre, u ds Annerös het mit der Tina en Usflug uf Sondrio aben i Süde underno. Dert sy si zämen uf em Märit umeflaniert u hei uf emne Bänkli di warme Sunnestrahle gnosse.
No am letschte Tag het d Tina bbadet im Poschiaverseeli. Aber es chüels Lüftli het zeigt, dass der Summer z Änd geit. Über d Bernina hets gschneit bir Heifahrt.
E Spätherbscht isch wie ne herrliche Troum verby gsi.

Derfür isch der grau Alltag wider da. Er isch nid liecht gsi. D Wintersaison het aagfange. Di schwäre Mäntel umeztrage isch em Annerös i Rügge gschosse, u ds Nesselfieber hets o ume gha. Derzue sy Mageproblem cho. Ds Annerös het nid gwüsst, wie no ga schaffen i däm Zuestand.

Der Martin het gfunde: «Für di wärs vil ringer z Bärn z wone, de giengs dir besser!», u eis Tags isch er ganz ufgchratzet cho: «Du, i ha ne Wonig gfunde, ar Winkelriedstrass, scho uf en 1. Novämber –! We ds Flörli z Bärn i d Schuel geit u du hie schaffisch, wär doch alls vil eifacher!»
Am Aabe sy si di schöni, renovierti Wonig ga luege. 4½ Zimmer, aber für ds Flörli numen es chlyses Dachchämmerli.
«Das chunnt einewäg gly us der Schuel u ziet sicher de uus – mir Zwöi chönntes doch schön ha zäme!»
«Ja, wi dänksch der jitz das, zäme wone u nid hürate ...?», het ds Annerösli ygwändet.
«Hütt hüratet doch niemer meh, mir blybe binand, solang üs das gfallt, baschta!» Är het em Annerösli es Müntschi ggä, u si sy zäme ga Znacht ässe i ds ‹Alfa›.
Deheime het ds Annerös di ganzi Sach überleit. Vo nümm ga schaffe het der Martin nüt gseit, er het grächnet mit zwöi Ykomme u de no ds Flörli – es chöm ja gly us der Schuel! – U de nachhär?? Isch es eifach praktisch, uf däm Wäg zu re Hushältere z cho? Oder isch ds Annerös eifach z altmodisch?
Furt vo Thun het es sech nid chönne vorstelle, u de no eso schnäll! Wi lang söll das Zämeläbe ga,

wes em Annerös nid besser geit gsundheitlech?
Het es überhoupt der Martin gärn gnue?
Es het a allem afa zwyfle. Sött me das nid schriftlech abkläre? – Aber da dervo het der Martin nüt wölle wüsse us ganz eifach usglachet. «Das gseht me de scho, wis geit ...»
Am Sunntig, wo si besser hei derzyt gha, het ds Annerös no einisch alls wöllen erörtere, aber da isch es a Lätze grate. Der Martin isch toube worde u het gseit, es heig nume zweni Vertroue zuen ihm, u a allem syg doch das verwöhnte Meitli tschuld, wo me müess i d Steiner-Schuel schicke ...!
Das hätt er besser nid gseit, da isch ds Annerös synersyts ufgläuet, u si hei der erscht gross Stryt gha zäme.

Vo dert a sy Spannige gsi zwüsche ihne, u vo Zügle het niemer meh gredt.
Der Martin isch es zmittag nümme cho abhole zum Ässe u am Wuchenänd sälte meh cho. Es isch eifach nümm ds Glyche gsi – wie nes alts Ehepaar, wo sech usnang gläbt het gha, sy si enand begägnet.
«Wär nid wott, het gha!», het der Martin eis Tags mutze gseit. «Es git no anderi, wo dankbar sy für ne schöni Wonig!»

E Beziehig, wo derewäg guet het aagfange, het plötzlech es Änd gno.

Ds Annerösli het gwüsst, es isch besser, vilicht wär das gar nid lang ggange. Aber weh ta het es glych.

Wir brauchen nicht so fortzuleben,
wie wir gestern gelebt haben.
Machen wir uns von der Anschauung los,
und tausend Möglichkeiten laden uns
zu neuem Leben ein.

Christian Morgenstern

Arbeit ist die beste Medizin zu vergessen

1973

Ds Annerös isch jitz gäng über e Mittag i d Buechhandlig Weyermann am Buebebärgplatz oder zum Stouffacher a d Neuegass übere. Es isch fasziniert gsi vo de Büecher u het jedi freji Minute gläse u ds Inträsse a der Modebranche verlore.

Da isch ei Tag en Aaschlag gsi bim Stouffacher:

Möchten Sie in einer Buchhandlung arbeiten?
Wir suchen noch Personal.
Verlangt werden Erfahrungen im Verkauf sowie
gute Allgemeinbildung und viel eigene Initiative.

Churz entschlosse isch ds Annerös i ds Gschäft u het nach em Herr Stouffacher gfragt. Nach emne ygehende Gspräch het dä gseit: «Dihr chönntet grad hie im Houptgschäft aafa zum

Yschaffe, un uf e 1. Mei fahret Dihr z Thun obe wyter – i tue dert e Filialen uuf, es ‹Au Bouquiniste›. Gäbet mer Bbricht bis am Mäntig!»
Wos zmorndrisch der Herr Mässerli het i ds Büro grüeft, isch es ganz rüejig ggange.
«Öier Umsätz sy starch zrugg, u i gseh mi leider zwunge, Öich zum nächschte Termin z chünde, Dihr überchömets no schriftlech.»
Ds Annerös het erliechteret gseit: «I ha einewägs wölle gah, das chunnt mer grad rächt, i mache no der Monet uus.»
Eso isch wider e Lösig gfunde worde i sym Läbe, u überglücklech het es ds Florentinli am Aaben i d Arme gno u gjublet: «Jitz chumen i umen uf Thun!»
Zersch isch es no drei Wuchen i d Kur uf Dussnang, für de gsund u zwäg chönne di nöji Stell aazträte.

Zur Eröffnig vo däm ‹Au Bouquiniste› hei d Chind e Ballon übercho, un e Bajazzo isch dür ds Stedtli glüffe u het Flugzedel verteilt.
Eigentlech isch es es Antiquariat gsi mit Restseller us Dütschland, vor allem vil Chinderbüecher. Ds Lokal isch nume chly gsi, unde im Mühligässli im Huus vor Bijouterie Engel, wo vorhär e Kiosk isch gsi. Drum het es o e ke eigeti

Toilette gha u numen es Brünnli im nen Egge hinder me Vorhang.

I der Gass usse sy Stange vo eir Husstützi zur andere ggange für d Chischtli mit de Taschebüecher. Da het me müessen ufpasse, dass nid dervo gmugget wärde, bi dene vile Fuessgänger, wo düre glüffe sy. Zum chlyne Lade sy drei Tritten abe ggange, wo d Büecher i Holzharasse sy ytischet worde u i de Gstell de Wänd naa.

Ds Annerös het alls ordentlech sortiert u d Bildbänd als Blickfang uf Strassehöchi ufgstellt. Es isch richtig gmüetlech worde i däm Budeli, u gly sy di Junge cho schmökere u uf d Barstüel yneghocket. Es luschtigs Gloggeglüt het bbimbelet, we d Chunde sy ynecho, u lengersch descht meh sy o di eltere Lüt aazoge worde.

Vo jitz aa het ds Annerös nume no der Buechlade im Chopf gha. Der Herr Stouffacher het ihm ganz freji Hand gla, es het chönne schalte u walte nach Beliebe. Es het d Katalög gstudiert u gly dusse gha, was bi de Lüt aachunnt. O ds Schoufänschter hets dörfe sälber gstalte, u mit vil Fantasie het es Abwächslig dry bbracht – es isch ganz im Elemänt gsi!

Für ds Grüble isch e ke Zyt bblibe, u der Martin u der René sy hinder de Büecherrügge verschwunde.

Doch wes ddänkt het, d Büecherharasse syge liechter umezfergge als Gschir oder Mäntel, het es sech tüüscht. So ne volli Büecherchischte het Gwicht gha.

Der Herr Stouffacher het meischtens bim Ablade alls so schnäll wi müglech uf d Gass gstellt, für e Durchgang frei z halte, u isch churzum wider abgfahre. De isch ds Annerös alei gsi, für di Büecher i Lade z fuge, u das isch ihm gly wider i Rügge gschosse. Am Aabe nach der Schuel het ds Florentinli müesse hälfe, di schwärschte Sachen ufzstelle, u das isch sicher nid vom Beschte gsi für das bringe Meitschi.

Ds Annerös het Bygete Büecher heigno für z läse u het sech Titel u Outore gmerkt.

E guete Chund het alls über di Russischi Revolution welle wüsse, drum het sech ds Annerös dür ds nöischte Buech vom Solschenizyn, ‹Der Archipel Gulag›, nächtelang dürekämpft, für sys Wüsse z erwytere.

Mittlerwyle het o d Evelyn ghürate u isch uszoge, jitz hei di zwöi di schöni Wonig alei gha, u ds Tina isch glücklech gsi über sys eigete Zimmer. Der Plattespiler vom Martin isch denn ds Höchschte gsi. Voll Yfer het es o Querflöte güebt für d Steiner-Schuel.

Vil het es vom Stouffacher z Bärn di dringendschte Büecher heibbracht u schnäll begriffe, i weles Regal dass si chöme. Es isch eso e billegi, gueti Hilf worde, u dadrüber isch ds Annerös grüüsli froh gsi. Wen es numen a de Föhntage nid gäng ume di chätzersch Migräne übercho hätt –, es isch fasch nid zum Ushalte gsi. Mängisch het es müessen i ds Gässli gumpe zum Erbräche, wil e ke Toiletten isch ume gsi.

Es isch jitz zum nen antroposophischen Arzt uf Bümpliz, zum Dr. Heusser – aber es het eifach vil Zyt versuumt derby. D Mittel hei es Bitzli gmilderet, aber gheilet het das Chopfweh nid.

Im Juni isch nöi der Houptgassmärit ygfüert worde. Ds Annerös het vor sym Lade e Stand zwäg gstellt mit Bärndütschbüecher. Das het de Märitbsuecher gfalle; ds Annerös het ömel tou verchouft, u d Tina het wacker ghulfe.

Gleitig isch dä chly Bouquiniste-Lade bekannt worde, u d Lüt sy gärn ynetrappet u hei sech verwylet. Ds Annerös het sys ganze Härzbluet drygsteckt, aber das het bedütet: Fründe u Freizyt dra gä, o d Tina isch z churz cho u isch mit ybbunde worde.

D Chundschaft richtig z berate isch em Annerös es Aalige gsi, un es het mit ne bbrichtet über d Outore u d Literatur. O anthroposophischi Büecher sy gäng meh verlangt worde, u das het Zyt in Aaspruch gno.

Uf d Wiehnacht isch ändlech en Ushilf ygstellt worde, d Frou Brunner, en elteri, literaturbewandereti Frou. Eso het ds Annerös zmingscht Zyt gha, i 1. Stock ufe zum Herr Engel uf d Toilette z chönne. O het d Frou Brunner es Outo gha u z Bärn chönne ga d War abhole. Si het gfunde, ds Tina, das ‹arme Hasi›, müess einewäg z vil schleipfe, das syg däm Schuelchind nid zuezmuete.

Über d Wiehnachtszyt isch der Lade voll Lüt gsi, u d Tina het halt glych müesse mithälfe u d Päckli schön dekoriere. Fasch isch ke Platz gsi für alli drü, u ersch nach em Ladeschluss het ds Annerös chönnen uffülle u Bstelige u d Kasse mache. Das het mängisch längi Arbeitszyte ggä, ohni meh Lohn.

Da het der Herr Engel em Herr Stouffacher vorgschlage, der Lade z vergrössere u us däm Schlupfloch es richtigs Lokal z mache. Ds Annerös isch begeischteret gsi vo der Idee u het nid a d Mehrarbeit ddänkt.

Sind wir nicht alle wie Flöten –
tönender Hauch –.
Nur wenn ein Anderes über uns hinfährt –
göttlichen Wesens –.

Albrecht Haushofer

Chinesischi Legände

1974

I der Steiner-Schuel het d Tina geng no ihre wunderbar Dütschlehrer gha, der Herr Ruchti. D Chind hei bin ihm mit Yfer glehrt, u d Tina het längi Vorträg vorbereitet u derzue Büecher us em Lade heigno u gläse. Eso het o äs profitiert vo däm Bouquiniste-Lädeli.

Zum Abschluss vor sibete Klass hei d Schüeler mit der Frou Ruchti, wo isch Sprachgstaltere gsi, di ‹Chinesischi Legände› vom Albrecht Haushofer ygüebt.

Die Tägschte sy ersch nach sym Tod gfunde worde. Er isch 1945 vor Gestapo erschosse worde.

Das aaspruchsvolle Stück het e ganzen Ysatz bbruucht vo der Frou Ruchti u de Chind.

D Kulisse hei si sälber gmale u bbaschtlet, e Riisenarbeit.

D Tina het dörfe abwächselnd mit emne Gspänli d Houptrolle spile, ds guete ‹Mädchen› im blaue Gwand. D Farbe hei e grossi Bedütig i der Anthroposophie, u Blau het ds Guete u d Reinheit dargstellt.

Ds ‹Mädchen› het der Uftrag gha, der Fride i ds korrupte Land z bringe – es töifsinnigs Stück, un e zytlosi Ufgab, i mene immerwährende Spil. Mit grosser Ärnschthaftigkeit u enormem Yfer hei d Schüeler das Stück ufgfüert. O di Schwechere hei e Rolle übercho.

D Eltere sy beydruckt gsi, u ds Annerösli het nume gstuunet. So öppis het es zu syre Schuel-Zyt nid ggä.

D Steiner-Schuel het dene Chind vil vermittlet. Der Ysatz vo dene Lehrchreft het Frücht treit.

Das Volk ist wie das Gras.
Die Herrschenden
sind der Wind,
der lärmend oder leise
darüber wegfährt:
Denn der Wind vergeht,
auch wenn er stürmend war.
Das Gras ist ewig,
auch wenn es jeden Halm im Sturm gebeugt.
Und nur die Richtung,
wie das Volk sich neige,
zeigt Werk und Sinn
der Herrschenden an.
      Albrecht Haushofer

*Wir sind daran
wieder Edelstein zu finden –
und zu werden –
doch es gibt keinen, der nicht
noch geschliffen werden müsste.*

Carl Gustav Jung

Edelsteine

1974

Im Februar hei d Arbeite mit em Ladenumbou aagfange. Das het e Stoub u ne Dräck ggä, bis di dicke Muure sy usegschlage gsi!
So guet wi müglech het ds Annerös d Büecher verpackt u mit Tüecher zueddeckt, aber äs isch fasch erstickt i däm fyne Stoub, u der Lärme vor Pressluftmaschine isch ohrebetöibend gsi.
Da isch der Herr Engel cho säge: «Göht doch hei, bi däm Lärme chunnt sicher e ke Mönsch – i übernime d Verantwortig!»
Erliechteret isch ds Annerös us däm Stoub a di früschi Luft. D Sunne het gschine, u churzerhand isch es mit em Bus gäge Beatebucht u mit em Bähnli uf e Beatebärg gfahre. Wie lang isch es doch nümm a di früschi Luft cho? Es het töif düre gschnuufet u dä Namittag under em strahlend blaue Himel gnosse.

Chuum isch ds Annerös heicho, het ds Telefon tschäderet ... Der Herr Stouffacher isch es gsi: «Wo um alls i der Wält stecket Dihr?»
Es isch schlächt aacho mit der Antwort, der Herr Engel heig gseit, är übernähm d Verantwortig ...
«No gäng syt Dihr bi mir aagstellt u nid bim Herr Engel», isch dä hässig Bscheid gsi.
Das hingäge het ds Annerösli möge; het es doch nume am Mäntigmorge frei u vil am Samschtigzaabe no ds Schoufänschter nöi usgstellt!
Wiso getrout es sech nid, sech z wehren u für sy Gsundheit z luege??

Nach däm Umbou hets di ganzi Plackerei mit Putze alei müessen erledige.
Einisch isch d Frou Stouffacher cho luege, u die het du gfunde, das syg doch z vil für eis alei. Es isch gruusam chalt gsi i däm Loch unde, wo e ke Sunnestrahl zueche chunnt, u schlächt heizbar ischs o gsi.
Du isch du e Studänt es paar Stund cho ushälfe u der Lade wider yruume.
Zuesätzlech hets jitz e Taschebuechabteilig ggä, u o die Arbeit het ds Annerös alei erlediget u sech schnäll ygschaffet dermit. Denn hei d Warehüser u Kiösk no kener Taschebüecher verchouft. Gly het sech das umegredt gha, doch mit

der Zyt isch em Annerös di Mehrbelaschtig z vil worde, der Rügge het nümm welle, u d Migräne u d Schmärze vom Äcken aa ufwärts sy fasch unerträglech worde.

Im Früelig, wo ds Schmelzwasser vo de Bärge d Aare wider einisch het la aastyge, isch der Lade plötzlech under Wasser gstande, un es het d Büecher müessen uechetische. D Frou Kuenz, wo vorhär das Lokal het gmietet gha, isch cho luege u het gseit, si heig jedi Stund da unde mit Rheuma zahlt.
Eso isch es du o em Annerös ergange.
Es het wi länger descht meh überall Schmärze gha, i de Glider u i de Glänk. Der Dokter het feschtgstellt, das syg typisch Muskel- u Weichteilrheuma – Fibromyalgie – u hets uf Dussnang gschickt zur Kur. Es isch afe ganz deheime gsi im vertroute Kurhuus.
Derwyle het d Tina i de Schuelferie alls gmeischteret, ässe hets bi de Nachbarslüt chönne.
«Das arme Hasi», het d Frou Brunner zu Rächt gseit, wo isch cho ushälfe.
Di gsundheitlechi Krise het sech fasch nid la bewältige, u ds Annerös het geng meh drunder glitte.

Jitz het der Herr Engel ds Bouen im Sinn gha.
O im Dachgschoss obe het er la usboue, für dert Dachkammerkonzärt chönne z veranstalte. Der Vorverchouf isch natürlech im ‹Au Bouquiniste› gsi, wider e Mehrarbeit, wo ds Annerös gärn überno het. D Konzärtbsuecher hei de o Büecher bstellt, u eso isch o der Herr Stouffacher zfride gsi.
Alli Lüt sy i länge, feschtleche Chleider zum Konzärt cho – d Crème de la Crème vo Thun.
Für elteri Lüt isch es aber müesam gsi, di füüf stotzige Stäge zdüruuf z chraxle.
D Tina het bim Eröffnigskonzärt vom Jörg Ewald Dähler dörfe ds Bluememeitschi spile u am Schluss vo däm Barock-Konzärt es Bouguet bringe; o im ne länge, hällgrüene Chleidli. Ds Annerös het sech äxtra für die Aaläss es längs Chleid gchouft, roschtbruun, wi syner Haar, u mit glänzige Paillette bstickt.

Einisch het der Herr Engel en Edelstei-Aabe veranstaltet. Er het im Dachstock di verschidene Steine u ihri Würkig usfüerlech erlüteret.
Ds Annerös het uf dä Aabe hi syner zwe Eheringe la zämeschweisse un en Amethyscht la druuf setze, ds Höchschte, won es sech het chönne leischte.

Mit der Agnes Balmer, der Sekretärin vom Herr Engel, het es ds Apéro serviert.
Zwe starchi Manne hei en elteri Frou müesse d Stäge uuf und abe trage, das isch gfährlech gsi, u dä Ruum isch ömel du vo der Füürinschpäktion abgsproche worde. Es isch o e ke Notusgang gsi, dass sech Bsuecher bim ne Brand hätte chönne rette. Di Dachkammerkonzärt syn es churzes Gaschtspil gsi u gly wider z Änd ggange.

Im Summer vo däm Jahr het ds Annerös d Anna Schulthess glehrt kenne.
Si isch denn i Buechlade cho, für alti Chinderliederbüecher z sueche. Di zwo Froue sy i ds Diskutiere grate u hei gly gmerkt, dass si vil ähnlechi Inträsse hei.
Nadisna het d Annerös mit dere warmhärzige Frou, wo eso beläsen isch gsi u vil gwüsst het, e Fründschaft gschlosse, wo aadduuret het bis zu Annas Tod.
Mit der Eva Graf u em Housi Denz het d Anna drei ‹Bandudeli›-Kassetten useggä, di Sprüchli u Lieder für Chinder, wo i mänger Familie beliebt sy.

D Zyt isch schnäll verby, mi het chuum gmerkt, wi d Tage verflüge.

Ds Jahr druuf, am Palmsunntig 1975, isch d Florentina vom Pfarrer Rohner konfirmiert worde, i der Heiliggeischt-Chile z Bärn, wils ja z Bärn isch i d Schuel ggange. Sy Konfirmationsspruch het gheisse:

Mache meine Tritte fest in deinem Worte.
Psalm 119,133

Dört isch wider einisch der Brueder vom Annerös cho, er isch ja Götti gsi vor Tina, u o sy Frou u d Chrischtine Ougstburger, d Gotte, mit ihrem Maa u der Bärger Hans mit der Frou. Di paar Lütli hei es schöns Feschtli gfyret uf der Haltenegg z Heiligeschwändi.

Nachhär isch d Tina no i ds zähte Schueljahr z Bärn.

U wen i truurig bi,
de chunnsch mer du z Sinn,
u wen i truurig bi,
ghören i dy Stimm ...

Tinu Heiniger

Ds Müeti

1977

Zwöi Jahr später, im Summer 1977, isch ds liebe, güetige Müeti gstorbe.
‹Man stirbt nicht im August›, het der nöi Titel vo Köhnlechners Buech gheisse.
Aber ds Müeti het sech nid derna grichtet. Still, wies gläbt het, isch es gstorbe, sys flackernde Läbesliecht isch erlosche. 93 Jahr alt isch di tröji Seel worde u am Schluss fasch ganz erblindet.
Wos ds Annerös mit em Florentinli ds letscht Mal isch ga bsueche, het ds Müeti nümm chönnen unterscheide, weles ds Annerös isch. I syne Erinnerige isch es ds chlyne Meiteli bblibe, won es mit so vil Liebi bhüetet u umsorget het. Was wär us däm Chind vo dennzmal worde, ohni di tröji Gotte –??
U truurigerwys het di erwachseni Frou eso weneli Zyt gfunde, für das sälbschtlose Müeti z bsueche – eso vil anders het der Chopf gfüllt

vom Annerös. Es het sech gschämt u isch voll Ehrfurcht am offene Grab gstande.

*Auf Adlers Flügeln getragen,
übers brausende Meer der Zeit,
getragen auf Adlers Flügeln
bis hinein in die Ewigkeit.*

het e chlyne Chor gsunge.
E Chranz vo wyssen Aschter hei ds Annerös u d Tina uf ds Grab gleit u still es ‹Unser Vater› bbättet – Träne sy nen abe glüffe –. Vo dert ewägg isch em Annerös gäng ds Lied vom ‹Müeti› dür e Chopf ggange, u d Längizyt im Härz inne isch bblibe ...

*Mys Müeti het mer bbrichtet:
«Chumm wider einisch hei!»
Es syg so ganz verlasse,
es syg so ganz alei.*

*Und druuf, da han ihm gschribe,
ig heig ja chuum der Zyt,
heig eischter z tüe und z schaffe,
und ds Heigoh syg so wyt.*

*Doch einisch bin i ggange,
bi heicho ds Wägli uus.
Und ds Müeti han i gfunde,
alei im alte Huus.*

Alei im chlyne Stübli,
wo ds Zyt geit a der Wand,
am Fänschterli hets gschlafe,
mys Briefli i der Hand.

U gschlafe hets für immer,
i ha keis Müeti meh.
Drum fröien i mi immer,
fürs de im Himmel z gseh.

Josef Reinhart

*Ich bitte dich, Herr, um grosse Kraft,
diesen kleinen Tag zu bestehen,
um auf dem grossen Weg zu dir
einen kleinen Schritt weiter zu gehen.*

Ernst Ginsberg

Chlyni Schritte

1977

Im Huus a der Hübelistrass hei d Chind di spitze Blaatere gha u di alti Frou Hänzi het d Gürtelrose übercho.

Ds Annerös het nid gwüsst, das beid Chrankheite ds glyche Virus hei u aasteckend sy. Es isch di Chrankne ga bsueche u het nid a sich sälber ddänkt.

Uf ds Mal hets uf eir Syte vom Chopf Blääterli gha, u i de Haar hets ihns fürchterlech bbisse. O isch es gäng müed gsi u glychzytig närvös dass nüt eso.

Nach ere Wuche isch es äntlige zum Hutarzt. Dä het ihm Cortisonsalbi ggä, u di Blääterli sy ömel fasch zrugg ggange. Derfür het es ganz es verschwullnigs Oug übercho u het vor Schmärze fasch nümm usegseh.

Itz isch es doch zum nen Arzt für Inneri Medizin, u dä het gseit, es heig e Gsichtsrose – eifach

e Gürtelrosen am Chopf. Es het Vitamin B 12-Sprützen übercho un es Viremittel, aber für d Heilig isch es z spät gsi. D Närveschmärze ir rächte Gsichtshelfti sy bblibe, un e längi Lydensgschicht het aagfange.
Zur Migräne u zum Rheuma hets jitz o no Trigeminusneuralgie gha, mit fürchterliche Schüeb, dass es mängisch fasch düreddrääit isch. Wi meh Tablette dass es gschlückt het, descht schlimmer isch der Allgemeinzuestand gsi. Settig Schmärze chöi e Mönsch i Wahnsinn trybe.
Es het der Lärme vo der Überbouig am Brändlisbärg u d Wermi vo de Neonlampe im Lade nümm möge ertrage, u ds Läbe het nume no us Schmärze bestande.
Ds Annerös het der Herr Stouffacher gfragt für nen Ablösig, dass es chönnt deheime blybe u sech pflege. Aber da dervo het dä nüt wölle wüsse, u statt sech z wehre mit emene Arztzügnis, het ds Annerös alls la flädere. Mi het ihm ja nüt aagseh, d Blääterli sy verheilet – aber d Schmärze sy bblibe.
Es het ygseh, dass es nümm so cha wytergah –. Aber was mache?

D Tina het vor Schuel uus drei Wuche zu mene Buur i ds Ämmital chönne. Bi dene bodeständige Lüt hets ihm guet gfalle un es het schnäll Familienaaschluss gfunde, bsunders mit em Töchterli, wo fasch glych alt isch; si hei zäme der Plousch gha. O d Burelüt sy zfride gsi mit em Tina, u si hei grüemt, wie schaffig u aastellig ds Meitschi syg. Es jungs, chlyses Büüssi het es vom Bänzebärg hei bbracht, wo ds Annerös du het ufpäppelet.

*Wir alle können immer nur
von dem ausgehen,
was wir im Moment wissen
und für richtig halten.
Da wir jedoch Menschen sind
und als solche fehlerhaft,
treffen wir von Zeit zu Zeit
die falschen Entscheidungen.*
      Rolf Merkle

Fähler

1977
I der Stadtverwaltig Thun hei si e Bibliothekarin gsuecht mit 60% Arbeitszyt. Ds Annerös het sech gmäldet u isch ygstellt worde.
Vo sym gsundheitleche Problem hets nüt gseit, es het ddänkt, das besseri de scho, wes weniger sträng heig.
Mit schwärem Härze het es sys ‹Au Bouquiniste› ufggä.
Der Herr Stouffacher isch gar nid begeischteret gsi über die Kündigung.
«Wägen Öich han i doch vergrösseret, u jitz löt Dihr mi derewäg im Stich!
Bibliothek isch doch vil z längwylig für Öich, Dihr ghöret under d Lüt!»

Är het sölle Rächt übercho.
Scho ir Probezyt hets gmerkt, dass es e grosse Fähler het gmacht. Ds sälbständige Schaffe u di tröji Chundschaft hein ihm gfählt.
Hie hets müesse Büecher exakt yfasse u vor allem katalogisiere. Mit de Lüt isch es chuum i ds Gspräch cho, das hei di ygfuchste Koleginne gmacht.
Ds Annerös isch sech zimlech dernäbe vorcho u isch jeden Aabe uf em Heiwäg no ga ds Schoufänschter vom ‹Bouquiniste› luege u het da u dert öppis gseh, wo nid häre passt oder won äs anders gmacht hätt.
O mit de Schmärze isch es nid besser worde, im Gägeteil: Di glychmässigi Haltig bim Katalogisiere het ehnder alls schlimmer gmacht. Je lenger descht meh het es Schwindelaafäll übercho, u bim Ysortiere vo Büecher uf der höche Leiteren isch es ihm eis Tags plötzlech trümmlig worde – es isch kippt u ache gfloge.
Zur Abklärig isch es i ds Spital cho, u dert hei si feschtgstellt, dass e Halswürbel verschoben isch. Es het müessen e Stützchrage trage u isch arbeitsunfähig erklärt worde.
Wils ir Probezyt isch gsi, het d Versicherig nid zahlt, un es isch ihm als Sälbschtverschulde usgleit worde, wils vo syr Chrankheit nüt gseit het.

Di Schwindelaafäll sy als ‹Menièreschi Drehschwindel› erchennt worde, wos zur Heilig vor allem Rue bruucht. Es het nümm chönne schaffe u ke Lohnusfall-Entschädigung übercho.

Schmerz ist Einsamkeit,
weil niemand weiss, was ich fühle.
Schmerzen sind ein furchtbares Gefühl.
Schmerz ist ein anderes Wort für:
Das bringt mich um.
Schmerzen machen würdelos.

                Jane Grayshon

Schmärze

1977
Wider isch es i ds Kneipp-Kurhuus uf Dussnang cho. Der Dr. Karl Suter isch e Kapazität gsi mit grosser Erfahrig, aber won er ds Annerösli gseht, het er der Chopf gschüttlet: «Wi cha men o derewäg d Gsundheit ruiniere! Bi Gürtel- oder Gsichtsrose mues me immer sofort ds Viremittel näh, süsch blybe d Närveschmärze zrügg, u bim ne Schleudertrouma mues me ruehig stelle! U no ds Rheuma derzue! Alls mitenand lat sech fasch nid la behandle! Ds einte bruucht Wermi u ds andere Chelti.»
Es isch scho so: Di erscht Hälfti vom Läbe setze d Lüt d Gsundheit uf ds Spil für Gäld z verdiene, u di zwöiti Hälfti gä si ds Gäld umen uus für d Gsundheit widerhärzstelle.

Mit verschidene Therapien isch du di Patiäntin behandlet worde.

Aber we di warme Wickel für en Äcke wäre guet gsi, so het d Wermi e Neuralgieschueb usglöst, u mit Ysbütel het me da widerume gluegt d Schmärze z mindere.

Du het der Dokter Suter erklärt, er wöll d Neural-Theraphie nach Huneke usprobiere. Ds Annerös het Sprütze übercho, mit Impletol, Novocain oder Lidocain, diräkt a d Närvebahnen im Gsicht. Im Momänt het das zwar weh ta, aber für ne Zyt lang isch der Trigeminusnärv stillgleit gsi. Das het uf d Duur doch e Linderig bbracht. Nume het d Chrankekasse di Behandlig nid zahlt, das isch denn no nid anerchannt gsi.

O der chinesisch Akupunkteur im Kurhuus, isch vo der Kasse nid zahlt worde. Alli Methode zäme sy fasch z vil gsi, e grossi Besserig isch nid ytroffe, u d Schwindelaafäll sy ender hüüfiger worde. Es het nid mit den andere Kurgescht im grosse Spyssaal d Mahlzyten ygno, wils der Lärme nid het vertreit, u het alei im ne Näbezimmer müessen ässe. Rue u Stilli isch ds Wichtigschte gsi. Nach sächs Wuche isch es enttüüscht ume hei.

Di ganzi Behandlig het e Huufe gchoschtet, ds Annerös het e ke Lohn meh gha u müesse vom

Ersparte läbe. Das het nid wyt greckt, un es het a d Rheumaliga müesse schrybe, wo en einmalige Bytrag het gleischtet.

Wil di Trigeminusneuralgie so entsetzlech schmärzhaft isch, het der Arzt vorgschlage, alli Zähn la z zie, für müglechscht jede Herd uszschalte. Es Röntgebild isch nid gmacht worde. O d Prothese het vil gchoschtet, u o dert het d Chrankekasse nüt überno.

Druuf het es uf Bärn müesse zum ne Spezialischt für Neuraltherapie, zum Dr. Beck.

Es isch schwirig gsi, dert überhoupt e Termin z übercho, u mängisch het ds Annerös uf der Fahrt e Schueb gha, u es isch ihm fasch nid müglech gsi z reise. De hets müesse vom Bahnhof es Taxi zale u d Schmärze fasch nid usghalte.

Vo re Stell aanäh e ke Red, es het ja ständig müesse der Stützchrage trage.

Da het der Rheumatolog Dr. Mosimann z Thun en IV-Ränte beaatreit.

Für sy Fall abzkläre, het es drei Wuche i ds Tiefenouspital müesse.

Dert isch es mit Tegretol und Valium vollgstopft worde.

Won es sech dergäge het gwehrt, hets gheisse: «De mache mer halt Sprütze, oder Dihr überchömet e ke IV-Ränte!» Eso hei d Ärzt di Patiäntin under Druck gsetzt. Das sy Methode gsi, wo hütt nümm durchfüerbar wäre.

U di gschyde Here z Bärn unde hei ou nüt gäge d Trigeminusneuralgie chönnen undernäh. I de Schüeb het ds Annerös chuum zum Chopf uus gseh, wil der Ougenärv isch befalle gsi – ds Ameiseloufe über e ganz Chopf u ds Zucke vo dene Närve sy eifach fasch nid z beschrybe.

Mit der glyche Sterchi, wien es gliebt het, ertreit es jitze d Schmärze – es sy Höllequale gsi. Ds Annerös het i sym Läbe di höchschte Gipfel erstige u jetz di töifschte Täler düregstange.

Di wenige Fründe, won ihm no sy bblibe, hei gueti Ratschleg erteilt: «Muesch meh under d Lüt u Ablänkig ha!»

Doch es het bim ne Konzärt di höche Tön im Chopf nid erteit un es Pfyffen i de Ohre übercho oder wider e Menièresche Schwindel-Aafall.

Eso het es alli Fründe verlore u di Bekannte heis gmide uf der Strass. Derzue sy jitz Depressione cho, u mängisch hets ddänkt, es wär besser gsi, wenn es dennzmal bim Kure z Heiligeschwändi wär gstorbe.

Der Äcke het müesse gstreckt u mit Elektromassage behandlet wärde, u das het jedes Mal e Trigeminusneuralgie usglöst. Di Behandlige sy

geng müesamer worden u fasch nid tragbar gsi.
Es het eifach e ke Dokter gfunde, wo sech für alles als zueständig het erwise.
Geng no isch am Brändlisbärg obezueche bboue worde. Der ganz Tag sy Laschtouto hin- u härgfahre, u ds alte Huus ar Hübelistrass het zitteret. Dä Lärme het ds Annerös fasch nid vertreit.
U wo im Huus no Renovatione sy aagstande u derdür e Zinsufschlag, het ds Annerös ke andere Wäg meh gseh als z zügle.
Der Dokter het gfunde, e ruehegi Höhelag wär günschtig für d Gsundheit.
Im Grund gno isch o das Zügle e Flucht gsi vor der Chrankheit, es het ghoffet, am nen anderen Ort wärd es de besser, u das het sech als Irrtum erwise.

Hab auf meinen Wandertagen
Hemd und Hoffnung abgetragen.

Maxim Gorki

Wie wyter?

1978

D Florentina isch bereits i der Lehr gsi, i mene Gschäft für Innenyrichtige u Vorhäng. E wyteri schuelischi Usbildig isch nid i Frag cho wäge de Finanze, u ds Annerös het sech nid trouet, es Gsuech für Stipändie z mache, was e grosse Fähler isch gsi.

Der Tina ihre Gwärbschuellehrer isch vo Sigriswil gsi.

Eis Tags isch si strahlend heicho: «Mir wei uf Sigriswil ga wone, i weiss scho wo häre, der Lehrer het mers grate ...»

Richtig, si sy du ga luege u hei im Endorfchehr i mene Chalet e 3-Zimmer-Wonig übercho.

Es isch e günschtige Mietzins gsi, wil me der Umschwung u ds Huswarte het gha z bsorge.

Ds Annerös het ddänkt, e chli a der früsche Luft z schaffe, wärd sicher nüt schade. Aafangs Summer sy si i das schmucke Dorf züglet, d Tina het voll Yfer ghulfe. Ds sunnige Loubezimmer het si für sich ygrichtet, ds Annerös het ds chlyne Hinderzimmer mit em heimelige Sitzofe für sich gno, u di mittleri Stube isch ds Wohnzimmer worde.

Es het Elektrospycherheizig gha, wo im Winter vil Strom het bbruucht, wil alls isch schlächt isoliert gsi, da isch es froh gsi, mit em Sitzofe im Stübli hinde chönne nache z heize.

Zersch het es müesse der überwuecheret Garte jäte u het Löiemüüli aagsääit u Gmües pflanzet. Für uf d Loube het ihm d Frou Buume vom Goldiwil es paar Chnolle Begonie bbracht, u die sy ömel guet grate u hei wunderschön bblüeit.

Mi het e wunderbari Ussicht gha uf e Niese u uf e Thunersee.

D Chatz, der ‹Michel›, wo d Florentina us em Ämmital vo de Bureferie het mit heibbracht, isch glücklech gsi über en Uslouf u isch em Annerös überall um ds Huus ume nacheglüffe. D ‹Mieze› het d Tina vo re Fründin, wo nach Ängland isch, heigschleipft.

Es het Arbeit ggä, um ds ganze Huus um u zwüsche der Strass bis zur Poschtouto-Haltstell ache. Aber mit grosser Fröid isch ds Annerös drahi.

Alls wär guet u rächt gsi, we nume d Schmärze nid gäng ume cho wäre! Vom Umestäche im Garte het es Rüggeweh übercho u der Schwindel het wider zuegno u derzue di leidige Neuralgieschüeb. Es isch ganz verzwyflet gsi, wils itz zu de Dökter, wo öppis verstande hei, no vil wyter het gha als z Stäffisburg. Da het ihm der Dr. Beck no e Therapeut aaggä, wo i ds Huus chöm i schlimme Fäll. Das isch e Diakon gsi us Bärn u isch du eis Tags härecho. U würklech – das het ghulfe! Jedes Mal isch es em Annerös wider besser ggange. Aber zale het es dä Masseur sälber müesse, un es het kei Gäld gha derfür. Di chlyni Witweränte vo 561 Franke het niene hi glängt, u ds Ersparte isch lengschtens ufbbruucht gsi. Der Therapeut het gseit: «I anderne Fäll zahlt das d Fürsorg.»

Mit schwärem Härze isch ds Annerös uf ds Büro vom Sozialamt – das isch ihns hert aacho, eso abhängig z wärde. Es het müesse Formular usfülle un es Gsuech stelle.

«Dihr syt ja no jung u chöit öppis schaffe», het der zueständig Beamte, der Herr Santschi, gseit, «zum Byspil Fänschter putze im Gmeindshuus oder im Schuelhuus.»

«Usgrächnet settigs mit em havarierten Äcken u kabutte Rügge», het sech ds Annerös gwehrt u müessen Uskunft gä über sy Chrankegschicht. Es het d Rächnige vüregno vor Akupunktur u der Neuraltherapie u vo de homöopathische Mittel vom Dr. Heusser u vo der Therapie vom Diakon, wo alles d Chrankekasse nid zahlt het. Da isch em Fürsorger ds Bluet gääi i Chopf gschosse: «So ne Scharlatanerie u das esoterische Züüg wärde nid zahlt bi üs – Dihr chöit zum ne Dokter, wo me weis, was er für Medikamänt git!», u är het ihm d Adrässe ggä vom hiesigen alte Dorfarzt.

«U wäge der Massage wett i de no gnau wüsse, was das isch, bevor mer zale.»

Er het d Gmeindschwöschter beorderet, cho z luege, wie das zuegeit. Die isch du bas erstuunt gsi, wo si het gseh, wie das würkt, u het ds Gfüel gha, das gang nid alls mit rächte Dinge zue.

Item – zahlt da dra isch ömel nid worde, u ds Annerös het müessen uf wyteri Behandlige verzichte.

D Stüürrächnig isch o no nid zahlt gsi, u ds Annerös het nid gwüsst, wo ds Gäld derfür härnäh. Em Florentina isch no Gäld zuegschribe gsi vor Pension vom Vatter, u da derfür het es itz e Bystand gsuecht.

Der cand. iur. Luginbüel isch bereit gsi das z übernäh u het ume Hoffnig gmacht: «Mir machen es Gsuech für Ergänzigsleischtig, da luege sicher öppe 200 Franken use. Bis Der IV-Ränte überchömet, mues vorlöifig d Fürsorg yspringe.»

Der Sozialhälfer Santschi het alli Aagabe gmacht, u das Gsuech isch glüffe. Wie isch aber ds Annerös enttüüscht gsi, wo der Bscheid isch cho – ganzi 18 Franke im Monet.
«Das isch ja es Trinkgäld!» Sölls lachen oder gränne –?
D Fürsorg het d Chöschte vo der Komplementär-Medizin also nid überno un uf es Gsuech hi vom Herr Luginbüel het ds Annerös du e Bytrag übercho vo der Pro Infirmis u da dermit di strübschte Rächnige chönne zale. Aber e wyteri Behandlig isch nid drinne gläge, weder bim Dr. Heusser no bim Dr. Beck z Bärn.
«Di homöopathische Mittel sy gschüttlet, un e Chrischt lat e ke Akupunktur la mache», het der Herr Santschi gseit. «Aber we Dihr i üsi Gmeinschaft würdet cho, de chönnt Nech vilicht wyter hälfe», het der Fürsorger vorgschlage. Ah, dert düre louft der Has! U der alt Dr. Leuebärger het nid gwüsst, was bi Trigeminusneuralgie mache: «So nes Lyde mues me halt trage –!»
O e wyteri Kur bi de katholische Schwöschtere z Dussnang isch nid i Frag cho – de scho ender es evangelisch gfüerts Huus. Aber en Ort mit hilfrycher Behandlig het niemer gwüsst.
Ds Annerös het i syr Angscht u Not überall umetelefoniert u Rat u Hilf gsuecht u derdür numen

e höchi Telefonrächnig übercho, wos nid het chönne zale.
Ke Mönsch het ghulfe, u alli hei sech von ihm abgwändet.
All das erlittenen Urächt sit Jahre u di grossi Belaschtig derzue hei sech i Schmärze umgwandlet, wos mängisch fasch verzwyflet isch drüber.
Chrank sy isch schlimm – arm sy o – aber chrank u arm sy isch ds Ergschte, wos git! Me wird würdelos u zum Bättler verurteilt.
Wi d Ratte ds sinkende Schiff verlö, heis alli Verwandte u Fründe im Stich gla.
Es isch alei gsi mit der Florentina, wo no eso jung u läbesluschtig wär gsi – aber di Chrankheite vor Mueter hei se prägt für ds ganze Läbe.

Am erschte Tag im Meie
isch ds Büebli früe erwacht;
i Garte wotts ga luege,
was s ggä het über Nacht.

Es gümperlet dür ds Wägli.
Uf ds Mal ischs blybe stoh;
es chas fasch nid begryffe,
wies ou het chönne cho.

Es blüeit uf allne Böime,
was jedes Eschtli treit.
Da het mys Büebli gjutzet:
«Lueg, Vatter, lue, s het gschneit!

Josef Reinhart

Meiechätzli

1978
Der Früelig isch trotzdäm cho. Am Niese sy d Loui gfahre, u Chriesibluescht hets ggä am See. Im Garte hei Tulpe u Stifmüeterli bblüeit. Di zwo Chatze sy glücklech gsi, bim schöne Wätter duss umezstryche. Der ‹Michel› isch em Annerös jede Schritt nacheglüffe u het sy Dankbarkeit zeigt. Als chlyns Büüssi isch er grüüsli schwach gsi, u ds Annerös het ne müesse ufpäppele; es het ihm Crataegus-Härztropfe i ds Fueter ta, u das Tierli isch ömel wider zwäggraagget

u bsunders em Annerösli aaghanget. Das isch en Ufsteller gsi. Es het wäger ds Fueter am eigete Muul abgspart, u di Tierli hei zfride gschnurelet.

Ei Morge isch en abgmagereti Buussle vor der Tür gläge u het schützlig gmiauet. Ds Annerös het nid anders chönne, als däm hungrige Tierli z trinke u z frässe z bringe. Di Buussle isch ihm um d Bei gstriche u isch vo denn ewägg nümme furt. Gly druuf het me gmerkt, dass das nid bi eir Chatz blybt. Ihres Büüchli isch gäng runder worde, u ds Annerös het ere im ne Chorb es Näschtli gmacht.

Ei Nacht isch es du losggange. D ‹Züsle› isch urüejig desumegschliche u het erbärmlech gmiauet. Es isch numen e bringi Chatz gsi u het sicher z erscht Mal Jungi übercho.

Mit emne lute Miau het si du es jungs Chätzli vürebbracht. Aber jitz isch es der ‹Züsle› nümm guet ggange, si het gwimmeret u isch ganz matt im Chörbli gläge. Ds Annerös het ere der Buuch massiert u gseh, dass hinde numen es Scheichli useluegt, u wytersch isch es nümm ggange. Halb tod isch d Chatzemueter blybe lige. Da stimmt öppis ganz u gar nid.

Am Morge het es d Tina mit der arme Chatz zum Tierarzt gschickt. Zmittag isch si heicho,

aber ohni Buussle. Der Tierarzt heig gseit, das Büüssi syg vil z schwach, für no es Jungs z ha, u de ligi das no falsch u chönn nid alei uf d Wält cho. Drum het er das Büüssi erlöst u ygschläft.
Aber jitz isch ja no ds Junge da gsi. Mues mes o töde? Das het ds Annerös nid über sech bbracht. Da het es ghört, dass e Familie ir Nachbarschaft e Chätzle heig, wo grad Jungi het. Es isch Aafangs Mei gsi, u überall hets jungi Büüssi ggä. Churzerhand het es das chlyne Büüssi derthäre bbracht, u wo d ‹Trine› isch go frässe, hei si ds Chlyne zu de zwöi Eigete i ds Bettli gleit. D Chatzemueter het das nöie Chind ohni wyteres aagno u gschläcket us la söigge.
«Tierli hei äbe meh Härz als d Mönsche», het ds Annerös ddänkt.
Eis Problem wär jitz glöst gsi – aber es anders isch grad uftoucht. Di Familie het müessen uszie, wil der Maa en Aastelig im Ussland het aagno. Was angersch isch d Lösig gsi, als di ganzi Chatzefamilie zue sech z näh!
Am Aafang isch d ‹Trine› no all Tag i ds Huus abe gsprunge, aber wo niemer meh isch dert gsi, het sech di gueti Chatzemueter nume no um ihri Chind kümmeret u isch gsi wi deheime. Eso isch wenigschtens ds Chatzeglück vollständig gsi.

Die Hoffnung halte fest:
Gott wird dich nicht verlassen;
das Ärgste, das dir droht,
er wird es dir erlassen.
Und traf das Ärgste dich,
so bleib in Zuversicht:
Die Hoffnung schlug dir fehl,
doch Gott verliess dich nicht.
Ja, dass dich Gott nicht hat verlassen,
musst du sagen,
da er die Kraft dir gibt,
das Ärgste zu ertragen.

Friedrich Rückert

Nimmt das Eländ e kes Änd!

1978

D Tina het jitz d Lehr als Verchöifere fertig gha u dank ihrem Flyss und em guete Gwärblehrer d Prüefig mit der Note 5,6 abgschlosse. Di Junge z Sigriswil hei mit ere es Feschtli gfyret – wenigschtens öppis zum Fröie!

Gärn hätt si no d Handelsschuel bsuecht, aber für nes Chind us bescheidene Verhältnis isch das nid i Frag cho. Der Fürsorger Santschi het gfunde, es söll verdiene u di chranki Mueter understütze. Da het es e Verchoufsstell gfunde zu 70 % u am nen Aabe no d Handelsschuel am Bärntor bsuecht. Wil das e Privat-Schuel isch gsi, het d Usglychskasse d Chöschte nid überno.

Der Bystand, der Herr Luginbüel, het vorgschlage, dä Bscheid aazfächte u Beschwärde yzreiche. Aber für nen Aawalt het ds Annerös e ke Gäld gha u o nid der Muet derzue. Sy ganzi Läbesfröid isch wider zämegheit, es het überall unüberwindlechi Hindernis gseh un e grossi Ungrächtigkeit. Eso wird ds Füür gleit für Agressione u Gwalt!

Ds Annerös isch usghöhlt gsi vo Sorge u Schmärze, u i däm aagschlagne Zuestand het es einisch am Brueder telefoniert; es hätt sech alls besser söllen überlege, aber es isch eifach nümm ir Lag gsi. Es het ihm verzellt vo de Schulde u es heig kes Gäld für e Dokter z zale. Uf e Hiwys vom Brueder, es heig ja glychvil chönnen erbe wie är, isch es z vollem i ds Jäs grate. Ds Annerös het ja nid chönne säge, wie sys Gäld z Flöte ggangen isch. Statt sachlech di Lag z schildere, het es sech i syr Verzwyflig i ne Töibi ynemanövriert u schliesslech der Hörer em Tina zuegstreckt: «Säg du ihm jitz, wies üs schlächt geit –!»

D Tina het nume gwüsst, dass der Götti vil Chüe im Stall het, u druus der Schluss zoge: Dä cha sicher hälfe! Dass o i der Landwirtschaft Problem sy, het si denn no nid gwüsst.

U würklech, dä Götti het Bscheid ggä: «I ha jitz müessen e nöie Traktor choufen u süsch tüüri Maschine u ha weiss Gott sälber z luege –! Ds Pure isch nid nume es Hung Schläcke!»
Ds Annerös hätt so nen ärnschti Sach nid der Tina söllen überla u het sech später mängisch es Gwüsse gmacht derwäge. Vom Burebetrib hei beidi nüt verstande! U jitz isch alls verchachlet gsi! No einisch telefoniere, da derzue het ihm der Muet gfählt.
Im Herbscht druuf isch der stramm, gsund Brueder mit em nöie Traktor verunglückt u grad tod gsi. Wie gärn hätt ds Annerös no einisch mit ihm gredt, aber jitz isch es z spät gsi.

Gelobet sei der Herr täglich, Gott legt uns eine Last auf, aber er hilft uns auch. Psalm 68,20

Das isch im Leidzirkular gstande. Wi ne grosse Gloube bruucht es, für das chönne z säge? Em Brueder syner vier Chind sy no nid alli volljährig gsi, un e schwäri Lascht isch uf der tapfere Schwägerin gläge.
Still u truurig isch ds Annerös a d Beärdigung ggange, e grossi Mönschemängi het Abschid gno, u mi het gmerkt, wi beliebt der Ueli isch gsi. U ds Annerös het gspürt, wi alei es jitz isch uf dere gottverlassne Wält.

Wett es tuusche, mit em grosse Hof u däm schwäre Schicksal vo der liebe Schwägere? Isch nid sy Chrankheit besser z ertrage –?
Ds Annerös isch zur Bsinnig cho! Gott legt uns eine Last auf, aber er hilft uns auch. Ds Lied vom Poul Gerhardt isch ihm z Sinn cho u hets tröschtet:

Befiehl du deine Wege und
was dein Herze kränkt
der allertreusten Pflege des,
der den Himmel lenkt.
Der Wolken, Luft und Winden
gibt Wege, Lauf und Bahn,
der wird auch Wege finden,
da dein Fuss gehen kann.

Und ob ich schon wanderte im finstern Tal,
fürchte ich kein Unglück,
denn du bist bei mir,
dein Stecken und Stab trösten mich.

Psalm 23, 4

Dür ds dunkle Tal

1979

Der Fürsorger, der Herr Santschi, het em Annerösli sy Brueder kennt gha. Mues er ächt öppis undernäh, bevor är syner letschte Fäll gseht dervo schwümme?

«Eh, Frou Winkler, wi wärs, we Dihr i öji Heimatgmeind würdet zügle –?»

Das hätt söllen e guetgmeinte Ratschlag sy, aber bim Annerösli het er ygschlage wie ne Blitz.

Furt wei si mi ha, usegheie us däm schöne Dorf Sigriswil! Potzmänt Änneli, das lan i nid la gscheh!

Nei, uf Bluemestei düre begährt es nid, de scho an es anders Ort!

Deheime het es afa packe. Vorab syner liebschte Büecher, der Räschte hets am Froueverein gschänkt für ne Bibliotheegg.

De sys schöne ‹Wildrose›-Gschir u all di andere Sache, won ihm lieb sy gsi.

Gäng hets gangschtet, der Weibel chöm u ruum der abgwetzt Teppich u der Fernseher – en alte Schwarzwyss-Chaschte – ab.
Angscht isch e schlächte Berater, aber ds Annerös het niemer gha, won es hätt chönne frage. Es het im Aazeiger gluegt nach ere billige Wonig u du z Oberhofe öppis gfunde.
Zwar isch es numen e chlyni Dachwonig gsi, bi ren eltere Dame, wo isch Chrankeschwöschter gsi, u das het ds Annerösli e chli beruehiget.
Der Gwärbschuellehrer vor Tina isch cho u het gseit, är hätt de scho öppis gfunde für ne Wyterbildig, si sölle nid eso Hals über Chopf uszie.
Aber ds Annerös het jedes Vertroue verlore gha u het nid uf di guetgmeinte Ratschleg glost. Derby hätt ds Florentina eso nötig e Vatterfigur bbruucht, wos e Halt u Stützi überchunnt u cha ufeluege. Däm halberwachsne Chind isch z vil zuegmuetet worde – doch das het ds Annerös z spät gmerkt.
Mit grosse Schmärze het es der Ufwand vom Zügle hinder sech bbracht u mit Wehmuet das heimelige Chalet u das schöne Dorf verla. Es isch wider e Flucht gsi vor der eigete Angscht u Unzuelänglechkeit, vor der Chrankheit u de Schmärze. Aber vergäbni Müei – chuum het es möge ds Nötigschten uspacke, un e nöie Schueb

hets überno. Es het müesse ne Dokter ha, u d Husmeischtere het ihm der Herr Dr. Schulz empfole. Ändlech en erfahrene Arzt, wo het gwüsst, was mache bi Trigeminusneuralgie.

«Da hilft nume Neuraltherapie; i chumen i ds Huus das cho mache, dass Dihr nid mit dene Schmärze müesst umefahre», het er gseit. «Leider syt Dihr z Oberhofe am falschen Ort mit der Migräne – hie isch gar vil Föhn.» Der Dr. Schulz isch regelmässig cho Sprütze mache, aber em Annerös isch es nid besser ggange.

D Tina het e Stell gfunde i mene grosse Gschäft z Thun ir Vorhangabteilig.

Di zwo Chatze, d ‹Mieze› u der ‹Michel›, sy nid zfride gsi ohni Platz u Uslouf; i dene chlyne Zimmerli isch es schuderhaft äng gsi. Aber d Büüssi sy ne grosse Troscht gsi für ds Annerösli, es het wenigschtens hie Zueneigig gspürt, un es hätt di Tierli nid wölle misse.

D Chatzefamilie vor ‹Trine› het e jungi Frou vo Oberhofe greicht. Si isch mit ihrem Maa grad yzüglet gsi i nes Burehuus höch ob em Dorf. Es isch ne du grad chummlig cho, e gueti Muuschatz z finde i das alte Huus, u d ‹Trine› het sech sofort a ds nöie Hei aapasst u isch mit de drü junge Büüssi i der Wältgschicht ume tobet. Eso isch wenigschtens für di Tierli gsorget gsi.

Aber am Annerös isch es im Summer du gar nümm guet ggange i der heisse, änge Dachwonig. Der Dokter hets i d Höchi gschickt, u ds Annerösli het ds Nötigschte packt u isch i nes Feriewönegli uf Heiligeschwändi mit de Chatze.
Es het uf d Gmeind müesse, wils nid zwe Huszinse het chönne zale.
Der Sozialhälfer z Oberhofe het grate, wider zrügg uf Stäffisburg z gah u dert z wone, won es zletscht Stüüre zahlt heig, da wärd am beschte ghulfe bi finanzielle Problem.
O heig der Patiänt ds Rächt uf freji Arztwahl, das dörf d Gmeind nid vorschrybe.

Der Dr. Schulz het en Outounfall gha u nümm chönne härecho. Ds Annerös het ygseh, dass es vil z schnäll d Flinte i ds Chorn gheit het u mit der Züglete uf Oberhofe e grouni Sach gmacht het.
Jitz isch d Tina zwänzgi u volljährig worde. Si het sech ds Gäld vor Pensionskasse la uszale, für afangs einisch i d Ferie z chönne, u isch uf Spanie a ds Meer gfahre, derwyle ds Annerös z Heiligeschwändi isch gsi. Nachhär het d Tina im Hünibach es Studio gmietet, si het nid begährt, gäng hälfe z zahle, u het richtig der Verleider gha vom Gjammer u de Sorge vo der Mueter.

Mängs anders Meitschi wär scho früecher uszoge, jitz het si wölle sälbständig sy.

D ‹Mieze› het si mitgno, es isch ja ihri Chatz gsi; si het schönen Uslouf gha dert u sech sofort aapasst.

Ds Annerös isch wider züglet – alei zrügg uf Stäffisburg – das isch ihns hert aacho.

Me ziet d Chind mit vil Liebi gross, u we si erwachse sy, flüge si uus, u mi blybt alei, das isch der Louf vom Läbe!

D Ouge hei bbrönnt, vo Träne, wos nid het chönne briegge u i dunkli, einsami Nächt hei ynegfüert.

> *Es gibt nur eine Waffe,*
> *nur eine Arznei gegen die Traurigkeit:*
> *den Dank!*
>
> Ida Friederike Görres

Langsam obsi

1981

Ändlech, nach zwöi länge Jahr, het es d IV-Ränten übercho; zäme mit der Witwe-Ränte e Betrag vo 971 Franke. Das längt no nid für fürschtlech z läbe – aber ds Annerös isch dankbar gsi, afe der Huszins, d Chrankekasse, ds Elektrisch u ds Telefon chönne z zale; e Tageszytig hets scho lang nümm gha, u ds Taggäld vo der Chrankekasse isch zwe Franke gsi.

Mit däm Budget isch es du z Stäffisburg uf d Gmeind, u der zueständig Beamte, der Herr Reichmueth, het ihm ds Formular für d Ergänzigsleischtig usgfüllt un es Stüürerlassgsuech gstellt, wo scho lang wär fällig gsi.

Das isch du e rächti Erliechterig gsi für di plageti Frou. Ds Annerös het ds erscht Mal sit langem nid Angscht gha u chönnen ufschnuufe. Wi vil cha doch so ne Berater, wo verständnisvoll u fründlech isch, derzue bytrage, dass d Lascht nid no grösser wird! Der Herr Reichmueth het begriffe, dass es nid liecht isch, mit ere Chrankheit z läbe, wo eso schmärzhaft isch u eim niemer öppis vo ussen aagseht. Er isch mit Rat u Tat bygstande u het mängi Stund derfür ygsetzt. Nid jede Beamte wurd eso sälbschtlos handle, u numen i re grosse Gmeind überchunnt me sövel Unterstützig.

Z Stäffisburg het es o ne gueten Arzt gfunde, wo d Neuraltherapie het kennt un uf der Basis vo anthroposophische Heilmittel het gschaffet: der Dokter Märki. Er isch e wunderbar yfüelsame Mönsch gsi u isch d Sprütze i ds Huus cho mache, dass der Chrankne d Warterei i der Praxis isch erspart bblibe. Für e Rügge het ers i ds Hallebad uf Oberhofe zum Schwümme gschickt, so isch di einsami Frou o wider under d Lüt cho.

Mit Massage u Therapie isch es langsam besser worde. Für d Migräne het es ändtlige es nöis Medikament ggä, ds Sibelium, u mit der Zyt isch o der Schwindel wägg, u ds Annerös het sech ume gfüelt als Mönsch!

Bsunderbar guet ta het ihm d Fuessreflexzonemassage bi re tüechtige Therapeutin. Das Massiere het der Trigeminusnärv nid entzündet u doch d Ursach behobe.

Der Dokter Märki het alls mit em Herr Reichmueth besproche, was no chönnt zur Linderig

bytrage, u das, wo d Chrankekasse nid het zahlt, isch vo der Ergänzigsleischtig us der kantonale Usglychskasse überno worde. Ds Annerös het erliechteret chönnen ufschnuufe, u dankbar hets all das aagno, wo isch greglet worde. Eso wird i re guet gfüerte Gmeind de Bedürftige ghulfe, u si wärde nid i Angscht u Panik versetzt.
Uf nes Gsuech hi vom Dokter Märki isch d Neuraltherapie vo der Zuesatzversicherig bir Chrankekasse zahlt worde.
O der Pfarrer isch cho ne Bsuech mache u hets yglade für di verschidne Gmeindsaaläss: Chilchegaffee, gmeinsams Zmörgele, Froue- u Witwegruppe, ar Wiehnacht u Oschtere d Chilche mit Chris u Tannescht schmücke; alls schöni Beschäftigunge, wos het Fröid übercho dranne; es het vil nätti Froue glehrt kenne u Ablänkig gha. Mit der Seniorewandergruppe het es fröhlechi Usflüg gmacht.
Mönsche z finde, wo Verständnis hei u eim o als Chrankni aanäh, isch vilicht di beschti Medizin. E guete alte Bekannte het sech gmäldet – e liebe Chund us em Buechlade – un ihm Telefonrächnig zahlt, das het ds Annerös ufgstellt.

O mit em Marthi Chappeler het ds Annerös mänge schönen Usflug underno. Es het di glych-

altregi Frou vom Goldiwil här kennt u jitz het si z Thun gwont. Im Früelig sy si vo Oberhofe ds Chlöschterli zdüruuf u dür e Pilgerwäg uf Gunte gloffe. I de Gärte hei d Primeli bblüeit, u der Waldbode em Wäg na isch blau gsi vo Läberblüemli u der Bärlouch het me scho vo wytem gschmöckt.
We d Chirschböim voll Bluescht sy gsi, sy si zäme vo Einige uf e Spiezbärg gwanderet. Ds Marthi het a chlyne Sächeli öppis Gfröits gseh u het ds Annerös ufgmunteret. Di zwo Froue hei mängi gmüetlechi Stund zäme verbracht.
Vom Goldiwil hets es härzigs, jungs Kartöiserbüüssi übercho, u der ‹Michel› het sech ihm gägenüber als tröi besorgte Vatter erwise.
O ne Chrankebsuecherdienscht isch vor Chilen uus ygfüert worde, un es isch fei e Schar freiwilligi Hälfer zämecho. Da het sech o ds Annerös aagschlosse, für alti Lüt z bsueche, wo alei sy. Das isch e hilfryche Dienscht a den Einsame, u da dervo hets nid weni i re grosse Gmeind.
Em Annerös isch wider d Eliane z Sinn cho, em René sy Frou, wo scho mängs Jahr im Chrankeheim Gottesgnad läbt. Wi lang isch das här? Si het ja d Privatklinik scho lang müesse verla.
Es isch se ga bsueche. D Eliane isch e hübschi, blondi Frou gsi, aber der halb Körper abwärts

glähmt, u o mit em Rede het si Müei gha. Aber si isch geng fröhlech u zfride gsi, u ds Annerös het sech a nere chönnen es Vorbild näh. Es isch mit ere im Rollstuel ga spaziere, si hei der schön pflegt Garte bewunderet oder sy i ds nächschte Tea-Room ga nes Gaffi trinke. Mängisch het ds Annerös vorgläse, u di Glähmti het gärn zueglost. Mit der Zyt sy no anderi bim Vorläse derzue cho, un es ganzes Grüppli het sech gfröit uf e Bsuech vo ihm. Em René isch es nie begägnet. Im erschte Stock sy behindereti Chind gsi, zum Teil es truurigs Bild. Aber trotz ihrer Behinderig sy di meischte heiter u zwäg. O dert isch em Annerös ydrücklech vor Ouge gstande, wi guet es ihm dergägen ume geit, un es het aagfange danke für jede Tag.

Für d Beträjig vo de Behinderte bruuchts guets Pärsonal. Di Aagstellte im Gottesgnad heis nid liecht gha, un es isch vil Geduld nötig gsi, bsunders mit den Alzheimer-Patiänte, wo gäng hei wölle dervoloufe; oder di alte Lütli abzlose, wo der lieb läng Tag ds Glyche verzelle.

Da cha me nume hoffe, dass me o no im Alter geischtig cha reg blybe u nid abhängig wird vom Pflägpersonal.

*Weit ist der Weg
vom Ohr zum Herzen,
aber noch weiter ist der Weg
zu den helfenden Händen*

Josefine Baker

Verschlosseni Härze

Di einzigi Sorg, won ihm niemer het chönnen abnäh, isch d Tina gsi. Si het nüt meh la vo sech ghören u isch nie meh heicho. Lengschtens het si e Fründ gha u vil anders im Chopf.
‹Chlyni Chind trappen eim uf d Füess, grossi uf ds Härz!›
D Tina het ihres eigete Läbe gfüert u o nes Rächt gha druuf – aber es sy bitteri Tropfe gsi für d Mueter.
Mit de Wonige het ds Annerös Problem gha. Es hätt müglechscht e nidere Huszins sölle sy u doch de Bedürfnis entsprächend e gsundi Wonig. Es offnigs Ohr u Härz hets nid dörfe erwarte. Vil Vermieter hei grad abglehnt, we si vo der IV-Ränte ghört hei.
Ds erschte Logis, won es wider z Stäffisburg het gfunde, isch nume für nes Jahr frei gsi. Im zwöite isch e schwirige Husmeischter gsi, wo d Mieter het schigganiert nach Strich u Fade. E nöji

Angscht het ds Annerösli packt: d Angscht vor em Husmeischter! Är het Macht gha über di chlyne Mieter u syner schlächte Lüün a denen usgla, sygs wäg der Wöschchuchi, em Garte, em Stägehuus oder wäg de Hustier.
Di zwo Chatze sy nume dduldet worde, we si sech hei unsichtbar gmacht. Ds Annerös isch grüüsli a dene Tierli ghanget. Es isch di einzigi Fröid gsi, u di Chatze heis mit Aahänglechkeit u Tröji vergulte. Es isch gsi, wie we si würde gspüre, dass die Frou Liebi nötig het.
Aber em Annerös isch d Wonig us fadeschynige Gründ gchündet worde: schyns wägen Eigebedarf.
Wie nes gsuecht u telefoniert het u umeglüffen isch, e Wonig het sech eifach nid zeigt uf e Chündigungstermin. Ds Annerös het em Mieterverband aaglüte, niene isch e freji Wonig gsi.
Es het packt, u der Zügeltermin isch nöcher grückt.
«Useghei cha Nech dä Uhund nid», isch es verträschtet worde.
Dä het ddröit: «We Dihr nid bis zmittag am zwölfi dusse syt, reichen i d Polizei!»
Es isch ungloublech, was sech e Teil Husmeischter alei stehende Froue gägenüber alls leischte! Di Wonig isch nächär no drei Monet läär bblibe.

I syr Angscht het es em Dokter Märki aaglüte, u dä het churzum Bscheid ggä, es chönn vorlöifig i ne Feriewonig. D Möbel sy vo der Gmeind ygstellt worde.
Eso het es zwöi Mal müesse wächsle: Zersch isch es no i ne Blockwonig, wos ihm gar nid guet ggangen isch, bis sech äntlige e chlyni, lääri 3-Zimmer-Wonig zeigt het.
Dür d Plackerei u di Angscht, won es usgstande het, hei sech syner Schmärze wider verschlimmeret. Dass me vo vilne Lüt nümm akzeptiert wird, we men arm u chrank isch, het a sym Sälbschtvertroue gnagt.
Ohni d Hilf vom Herr Reichmueth u em Bärger Hans wär es nid z Schlag cho. Aber o d Ursula Feller, en alti Bekannti us Thun, wo süsch scho vil zum Annerös luegt, het sech als Chummerzhilf erwise un isch mit ihrem Outo bi all dene Züglete cho hälfe.

Im nöie Heim het es di elteri Chatz, der zuetroulech ‹Michel›, müesse la yschläfe, wil er e Tumor het gha. Das Tierli het under däm ständige Wächsel o glitte. Es tuet weh, so ne lange, tröie Begleiter z verlüüre. Di zwöit Chatz, der ‹Mäxi›, der Kartöiser, isch vor Art här es rüejigs Büüssi gsi u het sech gleitig aapasst ir nöie Wonig. Er isch derfür nach ‹Michels› Tod umso aahänglecher worde, fasch möcht me säge, meh als e Mönsch cha sy.

Di nöji Nachbere het ds Annerösli gfragt, für mit ihrem Hundli, em ‹Tschimmy› – e Cairn-Terrier –, ga z spaziere, u das isch e Troscht gsi, het sech doch das Tier als e richtigen Ufsteller erwise.

Eso isch ds Läbe wider erträglicher worde, u d Jahr sy verby ggange, mit meh u weniger Schmärze.

Keis Alpseeli isch so blau,
wie d Öigli vo mym Änkelchind,
und wenn tief i se yne luegsch,
hesch ds Gfüel, der Himmel spiegli drin.

Chas öppis Schöners, Edlers gä
als so nes Mönschechind?
Es isch es Wunderwärch vo Gott!
Du gsehsch sy Liebi drin.

Die Liebi, wo tuet lüüchte
us Ouge und us Härz,
wo alles überstrahle tuet,
sogar der gröschti Schmärz.

Gott schänkt e jedem Mönsch sy Teil,
verwalte tuet ne keine glych.
Häb Sorg zur Liebi, won er git,
de bisch unändlech rych.

        Clara Scherler

D Änkelbuebe

1983

Im Früelig het ds Annerös es fröidigs Ereignis dörfen erläbe.
D Tina het sech verlobt u isch in Erwartig gsi.
Si het voll gschaffet bis zur Geburt, ds Gäld isch nötig gsi. U ds Annerös isch ganz gschlage gsi, wils finanziell nüt het chönne bytrage.

Aafangs Märze isch du es gsunds, härzigs Buebli uf d Wält cho, mit töif blauen Öigli – es Wunderwärch vo Gott – der Matthias.

Ds jungen Elterepaar isch z Hünibach gwohnt, u im Summer hets du es grosses Fescht ggä. Ds Hochzyt mit ere Toufi im Chilchli z Goldiwil, – en Überraschig für ds Annerös, hei doch so vil Erinnerige derthäre gfüert!

Es isch bsunderbar fyrlech gsi, nach der Trouig vom Paar no grad d Toufi vom Chindli.

Der Herr behüte mich wie einen Augapfel, beschirme mich unter dem Schatten deiner Flügel. Psalm 17,8

het der Toufspruch gheisse.

Beid Familie sy glücklech gsi u hei sech bim Feschtässe efangs zgrächtem glehrt kenne. Es het vil ggä z frage u z beantworte, isch doch alls e chli plötzlech passiert.

Ds Annerös het am Morge vom Dokter Märki e Sprütze übercho, dass es der Tag besser mög überstah. Es feschlechs Chleid het ihm im letschte Momänt d Ursula Feller ghulfe nääje – natürlech es grüens –, es het sech ömel dörfe zeige.

Der Tag isch mit emnen Abstächer i ds Simmetal krönt worde, u alli sy zfride hei.

Nach so langer Zyt wider Kontakt mitenand z finde, het em Annerösli wohl ta.

Sy Chrankheit het aber leider nid zuegla, dass es als Grosi hätt dörfen ystah u göimele.
D Tina isch ja o ne sälbständegi, jungi, moderni Frou gsi u het allne wölle bewyse, dass si di Ufgab aleini meischteret.

Wo du anderthalb Jahr speter ds zwöite Buebli isch aagstande, het si doch öppe es Mal für Hilf gfragt. Ds Grosi het das so guet als möglech gärn gmacht u sech jedes Mal gfröit a dene luschtige Buebe.
D Jahr sy verbyggange im Umeluege u d Chind gross worde. Ir Zwüschzyt isch vil passiert, u no mängs het gänderet.

*Abend und Morgen sind seine Sorgen;
segnen und mehren, Unglück verwehren
sind seine Werke und Taten allein.
Wenn wir uns legen, ist er zugegen;
wenn wir aufstehen, lässt er aufgehen
über uns seiner Barmherzigkeit Schein.*

Paul Gerhardt

Nöien Uftrib

1992

Mit der Gsundheit hets gäng no ghaperet. Drum het der Sozialarbeiter Reichmueth undereinisch vorgschlage: «Dihr chönntet doch einisch e Luftveränderig bruuche u e chli i Schwarzwald i d Ferie! D Chilegmeind würd d Chöschten übernäh –.»

Fasch het das ds Annerös nid dörfe aanäh, sys chlyne Budget het kener Ferien erloubt. Aber es het sech unerchannt gfröit, zwo Wuche furt un e chli Abstand z gwinne.

E fründlechi Nachbarin het sech anerbote d Chatz z beträie, un äs isch mit Härzchlopfe nach Freudenstadt gfahre.

Im Kurhuus Teuchelwald, zmitts i de Tanne, het es es günschtigs Zimmer übercho. Es isch e wunderbari, würzegi Luft gsi u im Huus e heimeligi

Atmosphäre. O Schwyzergescht het es gha, u ds Annerös het sech schnäll mit dene nätte Lüt aagfründet.

All Tag sy si losgschuenet dür e Schwarzwald, wo men uf äbener Strecki kilometerwys het chönne wandere.

Im Café Schröder hei si sech es Risestück ächti Schwarzwälderturte gnämiget, u em Aabe sy si i ds Hallebad ga schwümme. Es isch eifach herrlech gsi z läbe, u ds Annerös het di strahlende Herbschttage gnosse.

O ds farbige Stedtli Freudenstadt, wo zu Rächt dä Name treit, sy si ga uskundschafte u hei uf em grosse Marktplatz ygchouft.

En Usflug nach Strassburg het nid dörfe fähle, un e Besichtigung vom altehrwürdige Münschter u de wunderschöne Rigbouhüser ir Altstadt, vor allem am Gerberngässle, wo früecher d Fäll sy tröchnet worde.

Oder en Abstächer nach Lossburg, wo i der ‹Alte Kirche› es gmüetlechs Café isch ygrichtet gsi. A de Rägetage het im Huus e Therapeutin Usdrucksmale ggä, u ds Annerös isch ga luege, was das isch. Alli hei nach Härzensluscht druflos gmale, u das het ds Annerös aagsteckt. Es isch o drahi u het gstuunet, was da isch usecho derby.

Es het e Wält vo Farbe entdeckt u isch voll Yfer gsi.

D Ferien im Schwarzwald sy vil z schnäll verbyggange, no mängs hätts wölle ga luege – aber ds Male isch im Chopf gsi.

Als ganz andere Mönsch isch es heicho, voll Unternämigsluscht u nöie Idee! –

Sofort het es gluegt, wos z Thun e Malschuel heig, u sech bir Frou von Allmen aagmäldet. Das het du Abwächslig bbracht i dä längwylig Alltag.

Zersch het es d Mischtechnik glehrt u gäng wi meh Farbnuancen usegfunde.

Längscht verschütteti Chinderzyttröim syn ihm i Sinn cho, u die hets jitz versuecht uszläbe u uszmale.

Als chlys Meiteli het es syner Zeichnige u Gschichtli vo de Wurzelmännli müesse verbrönne.

Geh aus, mein Herz, und suche Freud
in dieser lieben Sommerzeit
an deines Gottes Garten;
Schau an der schönen Gärten Zier
und siehe, wie sie mir und dir
sich ausgeschmücket haben.

      Paul Gerhardt

Fröid

1994

Ir chlyne Wonig z Stäffisburg het es ke gäbigen Arbeitsplatz gha, un es het aagfange der Aazeiger studiere. Irgendwo e chli ir Höchi oder em Wald zueche müesst es sy.

Di Suechi het Geduld bbruucht, u lang het sech nüt wölle zeige, wo zahlbar isch gsi.

Ei Tag isch du nen Aazeig gsi, dass z Fahrni obe im ne Burehuus öppis frei würd, das wär ir Gmeind Stäffisburg u doch ir Höchi.

Es het sech aagmäldet u isch ga luege. No vil anderi Bewärber sy da gsi u ds Annerös het syner Fäll gseh dervoschwümme.

Di nätti Burefrou het verzellt, ihre Suhn syg usgwanderet nach Kanada u jitz wärd die schöni Wonig frei.

Di Ussicht – di Sunne – di gueti Luft – u dä Platz!

Fasch hets nid gwagt dra z gloube, aber es het die Wonig übercho!

Der Bärger Hans isch cho hälfe zügle u o der Herr Reichmueth het chreftig aapackt, u ds Annerös het i sys schöne, nöie Hei chönnen yzie. Alli Zimmer sy holztäferet gsi, mit vil Fänschter, Sunne u Liecht. Ds chlyne Zimmer mit em grosse Dachfänschter het es ygrichtet als Mal-Atelier.

Isch das jitze e Fröid gsi z male!

U ersch dusse ... Im Früelig d Tulpen im Garte, der Fliderbusch u d Schneeballe – im Summer d Sunneblueme, de d Aschter, d Dahlie u d Chirbelen ir Hoschtet, u im Herbscht ds guldgälbe Loub a de Böim ...

Es het jitz no Kurse gno bim bekannte Kunschtmaler Willi Grüness z Thun.

Im Herbscht druuf het es en Usstellig gha ir Esther-Schüpbach-Stiftig z Stäffisburg.

Es paar Bilder hets chönne verchoufe, u sogar ds Tagblatt het drüber gschribe.

Im Summer 1995 het ds Annerös mit ere Gruppe vor Chilegmeind Stäffisburg e Reis gmacht i ds Burgund, nach Taizé.

Di ‹Kirche der Versöhnung› isch 1962 vom Frère Roger ggründet worde. Es sy ökumeneschi

Andachte ghalte worde. Im grosse, halbdunkle Ruum ohni Fänschter mit Cherzebelüüchtig sy d Taizé-Brüeder i wysse Mönchschutte uf Schämel gchnöilet. Di paar hundert Bsuecher hei mitenand gsunge, es jedes i syr Landessprach. D Taizé-Lieder hei ganz e bsundere Ton, u das het ds Annerös beydruckt, wil me se mängs Mal widerholt het, u o später deheime het es di Melodie gsummet.

No itze göh jedes Jahr es paar hundert Jugendlechi dert häre, für d Stilli z finde.

Gmeinsam het d Gruppe Usflüg underno u alti Chilche u Chlöschter bsuecht, zum Byspil di bekannti ‹Abbaye de Cluny› vo 1885.

Voll vo nöie Ydrück isch me ume heizue gfahre. D Fründschaft underenand het me bhalte.

Gott seufzt mit den Trauernden.
Paul Johannes Lutz

D Truur

1995–97

Ds Annerös isch ir freie Zyt vil i ds Chrankeheim zur Eliane. Nie het si öppis verzellt vo deheime, vom René, vo ihrer Familie, u ihren Alltag isch uf enes Minimum beschränkt gsi.

Ds Annerös het im schön pflegte Garte gäng ume Motiv gseh für z male – der farbig Rittersporn oder e sälteni Rose. O da im Gottesgnad het es syner Bilder chönnen usstelle, u d Eliane het grosses Inträsse zeigt a syr Arbeit.

Aber di Chrankni isch gäng meh abgschwachet, mi het ere ds Ässe müessen ygä, u si isch grüüsli dankbar gsi für jedi Hilf.

Vo Mal zu Mal het si weniger mögen umefahre mit em Rollstuel, si isch o afangs schwär gsi, un es isch je lengers descht müesamer worde.

Ds Annerös het geng meh di Aagstellte bewunderet, mit wi vil Geduld si di Lüt beträit hei. Äs hätt das nid chönne u o d Chraft derzue nid gha.

Im Winter, we ds Wätter het wöllen ändere, het ds Annerös syner Schüeb wider übercho. Zum Glück nid so schlimm wi früecher, aber es het zum Dokter müesse für d Sprütze. D Burefrou isch mit ihm gfahre, u di zwöi hei sech gly einisch aagfründet.

O i ds Altersturne isch es ggangen u het eso mängi Frou glehrt kenne, wo ds Härz uf em rächte Fläck het gha, u di Abwächslig het ihm gfalle.

D Kartöiser-Chatz, der ‹Mäxi›, isch sider chrank worde, u es het ne müessen erlöse vo sym Lyde –. Dä Abschid het weh ta, es isch der tröischt Kamerad gsi für ds Annerösli. Ohni Büüssi isch d Wonig läär gsi, u wo ne Familie us Burdlef het gfragt für nes Plätzli für ihre Kater, het ds Annerös zuegseit. Die Lüt hei ne müesse wäggä, wil der 15-jährig Suhn, der Marco, e Cysteschi Fibrose het gha un e Lungetransplantation het müesse la mache. Da hets keni Chatzehaar meh dörfe umeha, u drum sy alli furchtbar truurig gsi, wo si ne hei müesse wäggä.
Der ‹Fritzli› isch guet ufghobe gsi im nöie Hei u het wider Läben i d Bude bbracht; er het dörfen Uslouf ha u het di Freiheit gnosse. Es isch e stolze Kater gsi u het sys eigete Chöpfli gha, aber ds Annerös hets guet chönne mit ihm, u gly isch er der Prinz gsi im Huus.

Füüf Jahr später isch der Marco a syr Chrankheit gstorbe, u am glyche Tag isch z Fahrni o ds Läbe vom ‹Fritzli› z Änd ggange.

Im Novämber 1997 isch em Annerös sy Vatter im höche Alter vo 94 Jahr gstorbe.
Am offene Sarg het ds Annerös e ke Truur empfunde, aber o ke Groll isch im Härze gsi. Es isch usgsöhnt mit sym Läbe.
Ds Annerös het sech gfröit, d Halbschwöschtere u anderi Verwandti wider einisch gseh.

O der Bärger Hans isch gstorbe. Dä Maa, wo em Annerös der Vatter ersetzt het u gäng mit syr Hilf parat isch gsi. Är het ihm no mängisch gfählt.

D Lina Zulliger vom Goldiwil isch im Dezämber gstorbe. Ds Bethli Zougg het scho früener müesse gah.

E Bsuech im Heim wär fällig gsi, aber dä Winter isch es em Annerös nid so guet ggange.
Ändtlech nimmts en Aalouf i ds Dorf abe zum Ychoufe u isch zersch no i ds ‹Gottesgnad›. D Schwöschter hets läng aagluegt, won es cho isch:

«D Eliane isch letscht Wuche gstorbe –! Het Nech de niemer Bscheid ggä –?»
Ds Annerös het müessen absitze, u d Schwöschter het erzellt: «Si het no en Art es Schlegli gha u e ke Luft meh übercho, mir hei müesse Suurstoff gä. Es isch ere guet ggange, dass si het chönne gah – achtzäh Jahr isch si e Pflegfall gsi –!»

Achtzäh Jahr het d Eliane im Rollstuel verbracht u isch scho mängs Jahr vorhär chrank gsi. Was das für ne Geduld bruucht, so ne Chrankheit chlaglos z ertrage –!!
Äs hätt se flyssiger sölle ga bsueche u meh vorläse, het sech ds Annerös Vorwürf gmacht; aber es isch ja sälber aagschlage gsi.
Hindenache chunnt eim gäng i Sinn: Hätt me doch –!
Warum nid zu Läbzyte d Lüt ga bsueche u ne e Fröid mache?!

Was macht ächt der René – isch er alei –? Nie het es öppis ghört, u jitz zie all die Jahr dür e Chopf, wos gschaffet het u Schmärze het glitte ... Wi geit doch d Zyt verby ...!

*Die Bäume stehen voller Laub,
das Erdreich decket seinen Staub
mit einem grünen Kleide;
Narzissus und die Tulipan,
die ziehen sich viel schöner an
als Salomonis Seide.*

>   Paul Gerhardt

Glück

2000
Der Winter isch hüür sträng gsi – aber ändtlech isch der Früelig cho, mit aller Chraft, mit Wermi u Sunne.
Ir Hoschtet um ds Huus ume hei d Böim bblüeit wie ne grosse, prächtige Meje.
Ds Annerös het probiert e Boum z male, wo voll ir Bluescht steit, u hindedra e klar blaue Himel. – Isch das nid e chli kitschig?
Da lütet ds Telefon –. Wär ma das sy, zmitts am Namittag –? Es het der Hörer abgno.
«Hie isch der René, i ha welle luege, wis dir geit. Ir Zytig han i vo dyr Usstellig gläse u d Foto gseh. Jitz möcht i gärn cho –!»
Ds Annerös het mit chyschteriger Stimm erklärt, wo Fahrni isch u wo me müess dürefahre zum Huus.

«Also, i re Halbstund –!»
Hurtig isch ds Annerös vo re Spiegel gstande u het sech gstrählt u di schöni Blusen aagleit. Han i doch zuegno ir letschte Zyt!
Es het der Stubetisch schnäll abgruumt, u scho hets glütet –!
«René –!», meh hets nid vüre bbracht.
Ds Annerös het nume di bruune, warmen Ouge gseh, nachhär di schneewysse Haar – u de ersch der ganz Mönsch – o är het zuegno, hets erliechteret feschtgstellt.
Der René het ihm en Orchidee häregstreckt u isch i ds Wohnzimmer cho.
«Hesch dus schön da, di Ussicht u di heimeligi Wonig!»
«Nimmsch es Gaffi oder es Tee –? – Natürlech es Schwarztee, wie früecher!»
Si hei enand verzellt, bruchstückwys – vor Eliane, vom René sälber – er isch jitz pensioniert u d Sühn sy sälbständig – u o är isch alei.
Är sinni dra ume, am Thunersee en Eigetumswonig z choufe, u jitz wöll er wüsse, ob ds Annerös no mitchäm –?! Er möcht sys Versprächen ylöse.
Hilflos isch ds Annerös da gstande u het nid gwüsst, was säge, alls isch ihm vil z schnäll u unerwartet cho.

«I tue jitz halt male – », hets ygwändet.
«Das chasch am nen andere Ort o», het der René gmeint.
Aber ds Annerös isch usicher gsi. Wott es überhoupt furt us der gäbige Wonig, wos so wohl isch??
«Es chunnt mer alls e chli stotzig, i mues drüber schlafe –.»

No mängs hei si erörteret u am Schluss gfunde, si chönnte sech vorlöifig schrybe u später ume gseh.
Si hei sech Briefe gschribe – wunderschöni, längi Liebesbriefe! ‹Du meine wunderbare Goldfrau› – ‹Du mein einzig Geliebter –›
Oder isch es es Vürehole vo alten Erinnerige …?
Aber wi meh, dass si sech gschribe hei, umso inniger isch d Verbindig gwachse.
Briefe sy öppis, wo men i d Hand nimmt u gäng ume cha läse, Zyle, wo eim z Härze göh.
Hütt isch ds Telefon so modern – me het es Natel für jede mügleche u unmügleche Quatsch. Mi tschättet mitenand uf em Internet – mi isch halt modern u ufgschlosse –. Alls Seifeblase, wo zerstübe u sech i Luft uflöse! Aber Briefe chasch vürenäh u vo vore bis hinde läse, u d Wort tropfe der i ds Härz u erhalte d Liebi.

Nach Wuche hei si sech ume troffe, u der René isch da gschlafe. Nid Sex isch ds Wichtigschte gsi, aber e grossi Zärtlechkeit.

Ds Alter macht nid Halt vor töife Gfüel, nei, d Liebi blybt jung!

Si hei gwüsst, si ghöre zäme – nid uf em Papier, aber im Härze. Ihri Liebi steit über Ruum u Zyt, u mit dere Gwüssheit sy si ygschlafe.

Der ander Tag isch abgmacht gsi, zämen uf Gunte z fahre, für dert en Eigetumswonig aazluege.
Es isch e strahlende Herbschttag gsi, u d Buechewälder hei guldgälb glüüchtet.
Der Herbscht isch für ds Annerös di schönschti Jahreszyt. Nümm der gräll glitzerig Früelig, wo weh tuet, o nid der heiss Summer, wo alls uströchnet u verdoret –, nei, es het dä Glanz gärn gha, wo über Fäld u Wald ligt, u di warmi Sunne, wo den alte Glider wohl tuet!

Si sy uf der breite Loube vor Eigetumswonig gstande. Der töifblau Himel het sech mit em sametige Blau vom Thunersee verbunde –. Wo gits es schöners Fläckli Ärde als hie?! D Schneebärge hei gglitzeret im Nöischnee, u der Niese isch stolz vordra gstande. Es het a Sigriswil zrugg ddänkt, won es so unerwünscht isch gsi.

Der Vermittler het ne di grüümegi Wonig zeigt, wo mit allne Schikane isch usbboue gsi.
Der Prys wär annähmbar – aber der René het Bedänkzyt gforderet.

Di zwöi sy zum Waldrand ufe gloffe u dert uf enes Bänkli ghöcklet u hei di mildi Herbschtsunne gnosse.
Ds Annerös het em René d Hand ddrückt: «Meinsch, dass mir hie glücklech würde? Weisch, meh als jitze cha mes gar nid sy! Du bisch z Bärn verwurzlet, un i mues wäg myr Gsundheit ir Höchi wone. Alls, was so schön isch, wei mer doch nid mit Alltagschram belaschte – oder? I tue wyter male u bhalte d Erinnerige im mym Härz.»
Der René het der Arm um ds Anneröslis gleit u gseit: «Du bisch so ne starchi Frou, nie wirden i di vergässe! I mues dir Rächt gä. Nid d Jahr vom Zämeläbe zelle, aber dass mir üs gfunde hei u im Härze unzertrennlech blybe.»

Still sy si zämeghöcklet, wie nes alts, vertrouts Ehepaar. E grossi Dankbarkeit het Anneröslis Härz erfüllt für das späte Glück, won es no darf erläbe.
Es chüels Herbschtlüftli het e Huuch vo Vergänglechkeit usbbreitet u zum Ufbruch gmahnet.

Gmeinsam sy si z dürab glüffe, jedes sym vorbestimmte Wäg zue.

Am Annerös isch es gsi, als würde d Wort vom Goethe vom See ufe töne u d Melodie vom Schubert ir Luft hange:

Über allen Gipfeln ist Ruh.
In allen Wipfeln spürest du
kaum einen Hauch,
Die Vöglein schweigen im Walde.
Warte nur, balde ruhest du auch.

Das Glück muss entlang dem Wege gefunden werden, nicht am Ende der Strasse.

David Dunn

Margrith Gimmel bei Zytglogge

Ds Rötscheli
Chinderzyt im Byfang

Im Emmental, Symbol bodenständiger Gemütlichkeit und Geborgenheit, ist Meieli in den vierziger Jahren aufgewachsen; in einer oft lieblosen, seelisch kargen Umwelt. In bhäbigem Berndeutsch lässt Margrith Gimmel uns teilhaben an ihrer Kindheit, die stark davon geprägt war, dass die Mutter bei der Geburt ihres Kindes starb. Das verzieh der Vater seiner zu allem Unglück auch noch rothaarigen Tochter nie, und folgerichtig liess er sie dann bei den Grosseltern zurück, als er mit der zweiten Frau und der neuen Familie an einen andern Ort zog. Ohne Dramatik und Selbstmitleid bringt uns die Autorin ein Stück Schweizer Welt aus Kindersicht nahe, das weit, weit entfernt scheint – und doch gar nicht so lange zurückliegt. Ein literarischer Leckerbissen: sprachlich eindrücklich, nie sentimental, aber sehr berührend. BB-F

E Gott gheilegti Ehe
Szenen einer Ehe

Eine weitere aufwühlende Etappe aus Margrith Gimmels Lebensgeschichte. Ein Tatsachenbericht als Roman aus der Zeit der fünfziger Jahre. Kleinbürgermief, Geldknappheit und eine verklemmte Sexualmoral, wie sie im evangelikalen Milieu vorherrschte, bestimmen den Umgangston der Ehepartner: die junge Frau, bäuerlichen Ursprungs, der junge Mann aus einer Käsereifamilie. Annerösli versuchte gutgläubig, die Liebe ihres Mannes zu erringen, erntete jedoch zunehmend Lügen, Lieblosigkeit und Verachtung. Auch die Geburt des Kindes, welches wie ein Wunder inmitten der asexuellen Beziehung eintraf, brachte keine Wende. Der Vater vergötterte sein Mädchen, die junge Mutter brach zusammen und musste zur Kur, das Kind entfremdete sich ihr immer mehr. Eine Spirale mit tragischem Ausgang begann sich zu drehen. vh